LA DOUBLE MORT DE BERNARD

ACIDE JOVIAL

Ou je dirais même pire !

LA VENGEANCE DES GRINCECHAFOIN

Toujours **ACIDE JOVIAL !**

PROLOGUE

En notre belle France métropolitaine, et plus précisément dans le verdoyant département de l'Allier, et encore plus précisément, à Verneuil-en-Bourbonnais ; une charmante tradition se perpétue avec bonheur depuis de nombreuses années.

À chaque solstice d'été, les villageois en fête se retrouvent en une étrange cérémonie. C'est pourquoi, au soir du vingt-et-un juin, par soleil couchant, brouillard humide où temps pluvieux, un véritable joli bric-à-brac d'habitants sylvestres poussent. Un peu comme s'éveilleraient des champignons multicolores un brin hallucinogènes sous un chaud paillis d'herbes coupées.

Ces épouvantails de fortune, réalisés la plupart du temps en recyclage et sans un sou vaillant, mais avec beaucoup de liberté et d'imagination, feront comme chaque été la joie des promeneurs et touristes en quête de rêve et d'originalité…

TEMPS DE FÊTES

Mais, l'heure n'est point aux quiètes soirées tièdes et printanières.

Nous sommes en décembre.

Pour l'instant les familles unies préparent allègrement les joies des agapes de fin d'année, *« ramonent les cheminées »,* ou plus exactement, dévalisent les boutiques en vue de contribuer à fournir abondamment la hotte profonde du bonhomme rondouillard aux grandes bottes noires, costume rouge et barbe blanche.

Ces sympathiques activités vont donc bon train comme de coutume chez lesdites familles unies.

Chez les familles unies oui ! Mais, chez monsieur et madame Grincechafoin, d'ordinaire, l'ambiance n'est guère à la frivolité. Généralement l'atmosphère est tendue comme une corde à linge ; même à cette divine période, où, dans les autres foyers, chacun tente de trouver l'harmonie de la trêve de Noël. Oui mais pourtant, en cet an de grâce… Tandis que Suzanne Grincechafoin s'évertue à préparer un repas qu'elle aimerait festif pour une fois, Bernard Grincechafoin, lui, ce brave homme, se décide enfin à *« enguirlander »* le sapin. Ça le change un peu de ses habitudes.

Par un fait extraordinaire, les chers époux sont incroyablement motivés pour faire des efforts et enterrer profondément la hache de guerre. Madame Grincechafoin a même décidé de concocter, pour le dessert, la recette favorite de sa défunte belle-mère.

Très étonnamment, et je dirais même, très exceptionnellement, leur fille Nathanaëlle est d'accord pour venir passer ses congés de fin d'année chez ses parents. Cette fois-ci, elle accepte de passer les fêtes dans la maison de sa naissance qu'elle dit détester, à Verneuil-en-Bourbonnais, dans l'Allier souvent enneigé l'hiver.

Cela fait désormais quinze ans…

Quinze ans qu'ils ne l'ont vue !

Quinze ans qu'elle a préféré s'enfuir loin. Loin de ses amis, mais surtout, loin de sa famille, là-bas, aux États-Unis d'Amérique.

Nathanaëlle Grincechafoin, qui maintenant se nomme, Nathanaëlle Estévéra, est partie à la suite d'un grand ras-le-bol de l'humeur *« trop joyeuse »* de ses adorables créateurs ; jour où leurs cordes vocales avaient été à deux doigts de se rompre pour l'éternité.

- Grosse truie !

Avait hurlé le père cette fois-là. Il était rouge comme un piment vénéneux. Ce à quoi sa bergère qui avait de la répartie, avait *« entonné »* un concert de jurons digne d'une création de dictionnaire à la Brassens :

- *Espèce de porc à gueule de goule ! Entonnoir à «* vices *» sans fin ! Crevaillou à la tronche en biais...*

Alors, naturellement, depuis cette date funeste, Suzanne et Bernard, l'harmonieux couple, avaient enfin trouvé un vrai sujet de mésentente :

Qui ? Mais qui des deux était responsable du départ de leur fille ?

Pour Suzanne : pas de doute ; un père qui est incapable de donner une image tendre et unie de son foyer est un bien mauvais père.

Pour Bernard : pas d'erreur ; une mère qui ne pense qu'à sortir au lieu de cuisiner, frotter et astiquer son intérieur est une bien piètre mère.

Mais, me direz-vous, depuis quinze longues années le sujet est épuisé, non ?

Que nenni, eût dit ma mamie. Avec assiduité, les doux mots fusaient en cette tanière comme feu d'artifice en veine d'extraordinaire, mais avec la régularité d'une relance d'impayé :

- *Pauvre bécasse à cou de limace. Si t'avais été là plus souvent, Nathanaëlle, elle aurait pas eu besoin d'aller courir comme si elle avait eu le feu aux miches ! Tu parles d'un exemple que t'as été pour une gosse. J'me d'mande encore quoi qu'tu f'sais en permanence à galoper de droite et d'gauche quand elle était môme. C'est pas parce que j'aime le chocolat qui faut me prendre pour une truffe ! J'ai toujours pensé que tes histoires de réunions avec les copines, elles devaient avoir des moustaches et un pantalon fourni avec autre chose qu'un Tampax !*

- Bougre de cochon à l'esprit tordu comme les dreadlocks à Marley carbonisées par un pétard. Toi tu passais ton temps au bistrot du coin sous prétexte de devoir ménager les relations avec ton chef qui levait l'coude plus souvent qu'un garde-barrière en pleine action ! Et ça vient m'faire la morale ? C'est d'un père pour l'aider à faire ses devoirs qu'elle avait besoin ! Pas d'un ectoplasme qui s'dégonflait à la première occasion !

Vous voyez le topo.

Ce jour-là pourtant, oui ; la nouvelle de l'arrivée proche de leur fille avait apporté un vent de fraîcheur et une joie sincère, comme une agréable brise parfumée légère et vivifiante.

Alors avec une frénésie rare en la maisonnée, chacun s'attèle à sa tâche ardemment.

Depuis le matin, les préparatifs vont bon train dans une vivacité énergique, autant que dans un calme parfaitement inhabituel.

PRÉPARATIFS

Maintenant, Bernard fixe l'étoile au sommet du vert sapin avec un effort qui lui fait tirer la langue. Satisfait de son ouvrage, il descend les trois marches du petit escabeau et se recule pour admirer l'ensemble de son œuvre.

- *Ouais ; pas si mal !* songe-t-il content de lui. *Mais il manque quand même un peu de décoration sur les branches du haut.*

Fort de cette constatation, il farfouille dans le vieux carton de réserve et il entreprend de remonter sur son échafaudage miniature, tout en s'adonnant à une grande nouveauté : féliciter son épouse.

- *Crévindieu ma Suzon ! Ça sent si bon que tu m'en mets l'eau à la bouche.*

Et comme la Suzon allait pour répondre à son tour par une roucoulade genre collection *« Harlequin »* inédite en ces lieux ; le téléphone portable du père, un brin retors, grelota avec insistance la vieille mélodie de feu *Dalida* chantant *« Paroles et paroles »* ... qui avait naturellement le don d'irriter sa femme.

Surpris alors qu'il gravissait la deuxième marche, son pied gauche ripa !

Sa main droite s'accrocha au premier truc à sa portée, c'est-à-dire une branche du sapin. Et, tandis que l'arbre aux couleurs chatoyantes et clignotantes lui tombait sur la fiole ; que les vertes aiguilles de la branche lui dardaient la main crispée ; que son pied chutait malencontreusement entre la deuxième et la troisième marche et, par conséquence directe, que l'escabeau se cassait la gueule ; les grosses pierres qui stabilisaient l'arbre roulèrent alors sur le pied en train de se tordre, et pas de rire, pour achever leur course sur les doigts du malheureux pied, dans le but ultime de l'écrabouiller.

Le pauvre Bernard poussa un hurlement de douleur digne d'une comédienne en casting pour le dernier film en cours de réalisation destiné à la meilleure sélection du festival *d'Avoriaz* :

- *Rheueueueueueueeueueueueue !*

Du fond de sa cuisine et les mains dans la farine, comme aurait chanté *Claude Nougaro*, notre cordon bleu du moment ignorant la cause de cet étrange raffut et de ces hurlements lugubres, tout autant que la raison pour laquelle le téléphone de Bernard continuait à déverser son flot agaçant de *« Paroles et paroles et paroles »* ... le naturel chassé depuis peu revint au galop, pire que *« la chevauchée des walkyries »* de notre illustre *Richard Wagner*…

MALCHANCE

- Quel arsouille ! Va-t-y pas répondre cet imbécile heureux ?

Craignant qu'il n'ait point entendu ces douceurs, elle haussa le ton en criant :

- Bougre d'âne ! J'te jure que si elle n'arrête pas immédiatement de bêler ses mièvreries ta Dalida *à la gomme d'outre-tombe, je vais relooker ton portable 5G en* « émiettable » *façon puzzle 3D.*

Mais, comme vous pouvez vous en douter, le pauvre diable était bien en peine de faire plus que de continuer à produire de curieux borborygmes inintelligibles sans décodeur.

Alors, au comble de l'exaspération, prise d'une soudaine colère comme notre Suzanne en était capable, elle sortit sous la forme d'un indomptable ouragan et s'engouffra, plus qu'elle n'entra, dans le vestibule où trônait le meuble à déposer clefs et téléphones.

Elle décrocha violemment l'appareil avant de beugler un on ne peut plus accorte :

- Ouais allo ! C'est qui qui vient faire chier le monde en pleine préparation des fêtes ?

Elle avait à peine terminé de formuler son aimable diatribe…

Qu'un horrible soupçon insidieux se faufila dans son esprit, telle la gangrène dans la guibole d'un futur amputé de trente-neuf quarante…

Et si ?

Elle voulut immédiatement se ressaisir et susurra à tout hasard :

- *Nathanaëlle ? C'est toi ma poupée d'amour ?*

Ce à quoi une voix courroucée répondit :

- *Tu sais ce qu'elle te dit ta poupée d'amour ?*

Et TOC !

Elle entendit un net PAF Avant d'entendre un aussi net BIP BIP BIP…

Là, peu de doute possible. C'est bien Nathanaëlle qui avait essayé de les joindre et qu'elle avait envoyée péter avec toute la grâce dont elle était capable.

À ouïr la réponse cinglante, le ton vif et le geste péremptoire de la descendance des époux Grincechafoin, on serait tenté de croire que Nathanaëlle n'avait peut-être pas échappé aux gènes de l'irritabilité intempestive.

Conséquence, d'aucuns estimeraient, à juste titre je pense, que sa chère maman venait de commettre une énorme boulette et que les fêtes de Noël, à Verneuil cette année, devraient ressembler comme deux gouttes d'eau jumelles à celles de l'an passé. Ou qui sait, peut-être même pire.

Mais, la mauvaise foi étant un élément largement répandu sur notre planète d'honnêtes gens, la gracieuse mère pensa intrinsèquement :

- *Et voilà ! Bougre de bougre de bougre ! C'est-y pas possible d'être aussi malfaisant. Quinze ans ! Quinze ans que j'attends de r'voir le fruit de mes entrailles, et c'te saloperie de bounhoume qu'a m'fout tout en l'air pa'ce que c't'arsouille a doit cuver dans un coin !*

Ben oui, dans ces circonstances, Suzanne en perdait son français urbain gagné durant ses années d'études à la grand'ville, pour revenir à sa langue patrie, le bourbonnais. Elle retrouvait avec un instinct grégaire ses Rrrrrrrrr qui roulaient indociles au rythme des Y.

Ah ! La grand'ville ! C'est bien là qu'elle avait eu la malencontreuse idée d'y trouver son Bernard…

- *Nom de d'là ! Le jour où que j'y ai trouvé c'berdiniaud, j'aurais ben mieux fais d'm'y casser les deux pattes.*

Énervée comme un pou étouffé par un amas de pellicules grasses, et bien décidée à en découdre et à déverser son fiel sur la tête de son mari, la femme partit d'un pas vif dans la salle à manger, d'où parvenaient toujours des beuglements impensables. Quand elle vit le tableau qui s'offrait à son regard, un rien bovin en la circonstance…

Que croyez-vous qu'elle fit ?

Aider le blessé à se sortir de cet imbroglio de branches, de guirlandes, de morceaux d'escabeau, le tout coloré à la sauce de boudin avant cuisson ?

Cela messieurs-dames, c'est avoir une vision angélique de la vie, et principalement, en la circonstance, une vision des plus utopiques de notre brave ménage.

En réalité voici ce qu'il advint :

Tandis que son Nanard tendait une main déspérée vers sa compagne, qui, pensait-il benoîtement, serait forcément secourable en l'instant, la Suzon en pétard, elle, était toujours armée de son rouleau à pâtisserie qu'elle utilisait juste avant d'aller au téléphone !

Dans l'état d'esprit où elle se trouvait, sans rien voir et sans réfléchir un seul instant, elle leva le bras pour lui administrer une bonne grosse tarte maison qui certes ne deviendrait jamais une gourmandise.

Le pauvre Nanard qui était déjà très mal-en-point, éructa un son rauque avant de faire soudain des bulles, irisées un tantinet oui, mais pourtant forts peu reluisantes…

S'il avait pu deviner que ce rouleau réalisé avec amour par les mains habiles de son propre père Auguste viendrait un jour lui ôter la vie !

Son sang encore tout chaud désormais libre de se promener à sa guise, commença à envahir sa tempe pour descendre sur sa joue avant de se glisser dans son cou…

Très étonné du tour que prenait soudain son existence, le pauvre type ouvrit les yeux en forme de soucoupes volantes, comme pour appeler autant une explication que pour supplier un réconfort impossible. Puis, mu par une logique résignation, il voila à tout jamais ses globes oculaires de ses lourdes paupières, désormais funèbres.

Dans sa colère noire, Suzanne ne s'était aperçue de rien. Plongée au plus profond de sa contrariété, son cerveau n'était capable de rien d'autre que de réfléchir à une stratégie possible pour regagner le cœur de sa chère fifille.

Donc, toute à cette réflexion, elle tourna les talons pour revenir à son ouvrage…

DÉCOUVERTE

Suzanne se remit en cuisine en marmonnant des choses bien mal aimables à l'encontre du père de sa chère progéniture :

- *Bredin d'bredouilloux. Incapable de faire quoi que c'soit d'conv'nable. Qui qu'c'est-y qu'm'a foutu un bounhoume de cett'espèce...*

Etc.

Pendant au moins une bonne heure, elle ne quitta plus son antre. Elle cuisina, sala, poivra, sucra, enfourna et cela en passant en revue toutes les possibilités éventuellement susceptibles de ramener Nathanaëlle à de meilleurs sentiments à son égard. Et ça… ça lui semblait réellement très très difficile.

Elle avait beau faire carburer son cerveau à plein régime, l'alimenter de toutes les idées les plus inconcevables, voire les plus saugrenues, elle ne parvenait vraiment pas à trouver le moindre stratagème pour se réconcilier avec son *« bébé »* après cette énorme bévue.

Au bout de cette heure d'étonnante tranquillité sonore, car en règle générale, Bernard était bien incapable de faire quelque chose sans sa moitié pourtant abhorrée, Suzanne surprise se mit à gueuler :

- Nanar ! Mais bon Diou, d'bon Diou, Qu'y qu'te fais ? t'vas t'y m'répondre bougre d'entêté ?

Et comme Nanar persistait naturellement à refuser de répondre à sa belle…

Ben oui ! Il est des impératifs auxquels il est fortement improbable d'échapper. Et vous en conviendrez, la mort est sans nul doute le plus implacable des impératifs.

Donc, faute de réponse, Suzon exaspérée envoya valdinguer son tablier en même temps qu'un flot d'injures, très douteuses, dont je ne vous donnerai qu'une pâle ébauche :

- Fosse à purin ! C'est ça continue ! Continue à pas m'répondre et j'va t'y recolmater l'dentier avec les chicots à l'envers, en d'dans les gencives, sans blague ! Ça d'vrait t'y faire réfléchir correctement pour une fois.

Puis elle fonça littéralement sur sa cible, ignorant encore qu'elle l'avait déjà atteinte pour toujours, et que, si elle n'avait plus son cœur, elle avait au moins réussi à avoir sa tête.

Arrivée dans la silencieuse salle à manger, elle vit enfin l'état dans lequel gisait son époux.

Contre toute attente pour qui connaissait le couple infernal, Suzanne tituba en voyant la scène, tomba à genoux, puis se mit à pleurer à grandes eaux comme une enfant démunie… Suzanne pleurait, pleurait…

Le lancinant tic-tac de la pendule seventies aux couleurs criardes, que lui avait offert son Bernard pour ses trente ans, durant un séjour à Valras, égrenait le temps.

Ce temps qui n'avait soudain plus d'importance pour la veuve toute fraîche, quoique légèrement flétrie ; surtout avec ces tristes flots salés ruisselant sur ses joues devenues creuses presque instantanément.

…

La matinée s'acheva.

L'après-midi s'éclipsa.

La soirée se fit la belle.

…

Il était quasiment minuit quand, tout-à-coup, le fleuve de larmes se tarit aussi vite qu'il était survenu ; et quand relevant la tête en disciplinant une mèche échappée de son chignon, Suzanne sembla émerger.

Les premiers mots qui sortirent de la bouche de la pauvre femme furent :

- J'ai faim !

Bon ! Je vous l'accorde, trivial peut-être. Mais sensation indubitablement réelle.

Pour quelques minutes encore, nous étions le vingt-quatre décembre.

Vu l'heure tardive, il était plus qu'évident que Nathanaëlle n'avait pas pris l'avion. Pas de bonne surprise. Non, personne ne viendrait. Même si elle le savait déjà depuis le coup de fil raté, là, la violence de la certitude lui étreignit méchamment le cœur !

Même son Bernard, son abominable et bon Nanard… son Nanard haï/aimé ou aimé/haï ! Oui, même lui, son compagnon de voyage sur la route épineuse de l'existence, l'avait abandonnée pour des cieux plus cléments.

Solitude !

Il n'y aurait qu'un seul couvert pour fêter la naissance du Christ.

Il n'y aurait qu'un seul couvert pour fêter la naissance de l'année nouvelle.

…

L'idée, elle aussi nouvelle, tout autant qu'émouvante, se balada impunément dans la cervelle troublée de la jeune veuve sexagénaire. Elle se moucha, puis inspira profondément. Cette femme dynamique n'était guère du genre à longtemps ronger son frein. Avec une logique à toute épreuve, elle se dit :

- *Ben ma foi, ça fait l'équilibre. Pendant qu'la Marie elle accouche et que l'Jésus y s'radine pour sauver l'monde ; mon Nanard, lui, y s'casse la margoulette pour l'éternité et p't'êt' ben aussi pour m'foutre la paix. Comme ça, y a pas de place perdue. Ni ici, ni là-haut. Enfin, par contre ici, la place à ma gamine, y-a personne qui va v'nir la combler.*

Et pour noyer son chagrin et ne pas rester prostrée là, les bras ballants, elle décida d'installer la table festive.

Tout d'abord elle rangea la cuisine qui était restée en bazar.

Elle nettoya les différents ustensiles, ramassa miettes et épluchures, puis roula le fameux rouleau à pâtisserie offert par ses beaux-parents, machinalement, dans sa toile plastifiée. Il est vrai que la mère de son époux était une pâtissière hors-pair. C'est d'ailleurs elle qui lui avait donné la manie de ranger son rouleau encore enfariné dans le petit tapis plastique. Ce petit tapis plastique où était gravé un joli *« Pour Suzanne »,* que sa belle-maman Berthe lui avait fait graver et qui lui servait à étaler la pâte.

Suzon se souvint combien au début ça lui semblait étrange de ne pas laver son rouleau à chaque utilisation. Et puis, à force d'entendre la mère de Nanard lui rabâcher que *« la farine c'est pas sale ! »* et que *« l'eau ma p'tite fille si t'allais la chercher au puits, ça te f'rait réfléchir à point la gaspiller »*, elle avait fini par accepter et elle s'y était habituée. C'était devenu un automatisme.

En soupirant, elle se demanda un instant si elle aurait le courage de refaire de la pâte avec cet accessoire. Elle s'ébroua en marmonnant :

- *hop hop hop, et maintenant, mettre le couvert.*

Une fois le tout soigneusement à sa place, elle retourna à la salle-à-manger, sortit une bonne bouteille de champ' et coinça une coupe en cristal dans la main du macchabée. Ensuite, elle servit largement et trinqua avec lui.

- *Ce s'ra pas dit qu'j'aurai pas trinqué à ton départ mon salaud. Pis j'vois pas pourquoi j'passerais les fêtes toute seule parc'qu'tu t'es débiné comme un lâche après m'avoir encore une fois brouillée avec notre princesse. Pauv' type va ! Si t'as voulu partir c'est ton problème. Mais crois-moi, j'ai pas l'intention de m'laisser abattre nom de d'là !*

Surtout, n'allez pas vous imaginer que Suzanne projette de profiter de son tout récent veuvage pour faire immédiatement un illégitime accroc à son mariage.

Non !

Suzanne a toujours été une femme fidèle et une habitude pareille ne s'envole pas aussi vite qu'une âme pure et libre de toute entrave s'échappe au-dessus des blancs nuages…

À LA TIENNE

Suzanne leva sa coupette ciselée et sans hésitation aucune, elle s'enfila le pétillant breuvage avec délice.

- *Ah ! Rien de tel qu'une bonne rasade d'un champagne de qualité pour se remettre de ses émotions.*

Puis, s'adressant à son défunt avec un humour noir assez incisif étant donné les circonstances, elle demanda :

- *Je suppose que Monsieur ne finira pas son verre ?*

Et comme Nanard jouait les obtus en refusant de lui accorder une réponse, comme souvent il est vrai, mais là avec les meilleures raisons du monde ; sans hésitation elle lui ôta la coupe coincée entre ses doigts, désormais figés, et siffla le contenu d'un trait. D'ailleurs, elle siffla aussi le reste de la dive bouteille jusqu'à la dernière goutte. Ben oui ! Elle n'allait quand même pas gâcher. Ce n'était pas tous les jours qu'elle faisait péter le bouchon.

Ensuite, après avoir ouvert une bonne bouteille de *saint-pourçain*, car elle était un rien chauvine, elle entama le repas avec bon appétit. Normal, c'était Noël.

Suzanne songea :

- *Mort ou pas mort, Noël, c'est juste une fois par an !*

Pas faux.

Donc, madame engloutit le succulent menu qu'elle avait concocté avec amour :

° En entrée, un petit foie gras des familles, suivi immédiatement d'un joli boudin blanc au porto, choisi avec soin tout exprès par son boucher.

° Ensuite, une épaisse tranche de gigot sauce madère et champignons, accompagnée de son lit de haricots verts. Haricots qu'elle avait conservés au sel dans un pot en grés sous une fine couche de persil, comme elle faisait chaque année après la récolte. Des haricots comme ça, il n'y a rien de meilleur.

° Pour faire une petite place, le trou normand : boule de glace vanille arrosée d'une large rasade de Calva dix ans d'âge ; car être chauvin n'empêche pas d'apprécier les bonnes choses venues d'une autre région de notre pays gastronomique.

° L'incontournable salade verte, agrémentée de quelques modestes croutons et lardons rissolés savamment au beurre de la ferme voisine ;

° Le royal plateau de ronde de fromages. Véritable promenade à travers la France plurielle et surtout gourmande ;

° Et pour finir en beauté et naturellement en douceur, pas de commune bûche ; mais la délicieuse tarte citron meringuée, couchée amoureusement sur un lit doré de croustillante nougatine préparée la veille. Excellente spécialité indémodable de la maîtresse de maison inspirée par feu sa belle-mère, Berthe Grincechafoin.

Là bon ! Comme vous l'imaginez peut-être, Suzanne n'avait plus la moindre place.

Pas même une petite place pour la gouttelette de liqueur de fraise qu'elle s'était pourtant promise de s'offrir pour clore ces agapes. Et, comme elle avait consciencieusement éclusé la bouteille de Saint-Pourçain, Suzanne n'avait plus du tout l'âme en peine.

D'humeur maintenant radieuse, elle se sentait même très gentiment éméchée…

Mais voilà ! Bernard était toujours là ! Vautré dans son raisiné. Statique. Indécent.

Un vague sourire aux lèvres dû aux sournoises vapeurs d'alcool, elle contemplait benoîtement son époux, décidément plus impassible que jamais.

Que faire ? Pas simple…

Même si notre Suzon se sentait totalement innocente et estimait que le Nanard avait choisi de partir de son propre chef, elle n'était pas assez idiote pour supposer que la maréchaussée serait pour autant de son avis.

- *Pfou ! Celui-là, mais quel boulet !* pensa-telle un peu ennuyée. *Dire que tu m'as pompé l'air pendant quarante ans ! Et même trépassé faut encore que tu fasses ton intéressant et que tu m'donnes la migraine et des nausées qui me gâchent le repas.*

En réalité, la migraine et les nausées n'avaient strictement rien à voir avec le départ du pauvre homme.

Gourmande comme pas deux, elle n'avait pas hésité à bouffer plus que manger, ainsi qu'à écluser plus que boire.

Remarquez, lors des fêtes de fin d'année, elle n'était sans doute pas la seule à faire des excès. Mais n'oublions pas que, elle, elle avait un repas préparé pour trois personnes !

Moi, je pense que la migraine avait une légère acidité de frêles grelots due aux bulles du champagne ; tandis que la nausée avait, elle, quelques désagréables relents de gigot, de fromage ou peut-être même de dessert.

Enfin bref…

Quelles qu'en soient les obscures raisons, Suzanne n'était pas dupe :

Elle avait un vache de gros et lourd problème couché là, devant ses yeux papillonnants de fatigue !

La brume largement installée dans sa tête un peu dodelinante ne portait guère à la réflexion…

Même si une tête ne mesure pas beaucoup plus de cinquante-cinq centimètres de diamètre, la brume en ces occasions, semblait, elle, parcourir quelques hectares à l'intérieur d'une boîte crânienne qui, alors, se sentait totalement saturée.

À cette heure déjà matinale, elle ne trouverait certainement aucune solution valable.

- *Autant aller se coucher. Je suppose que tu n'as pas l'intention de prendre la poudre d'escampette ?* ajouta-t-elle à l'égard du mort. *Enfin, si pour une fois tu décidais de laver la vaisselle ! promis, je te reprocherais pas d'avoir joué au zombi, grand farceur.*

Contente de sa sortie qui se voulait comique, elle partit ronfler tout son saoul ; c'était bien le cas de le dire…

RÉVEIL

Au matin de bonne heure, Suzanne s'éveilla avec pas mal de monde dans la tête. Ce monde indomptable s'amusait justement à lui faire mal. Mais, et c'est là l'ironie de la vie, malgré cette grouillante présence importune, personne à ses côtés dans son grand lit froid.

Le pire, ou le plus triste de l'histoire, c'est que maintes fois durant sa longue existence maritale, Suzanne avait rêvé de retrouver le doux plaisir moelleux de son lit solitaire d'adolescente fantasque et libre. Il n'est que trop vrai que l'on aimerait souvent avoir le contraire de ce que l'on possède…

Réalité.

Oui, indubitablement, Suzanne est totalement libre désormais. Mais elle se sent terriblement écrasée par l'absence. Le jour est maintenant bien levé. Rien à faire, il faudra bien sortir des draps. De même, il va falloir prendre la fameuse décision enfouie la veille sous les verres d'alcool et reportée à plus tard…

Seulement voilà : alcool ou autre afin de se voiler la face, plus tard ne s'enfuit jamais.

Naturellement, comme dans beaucoup de ménages, d'habitude les tâches difficiles, ingrates ou déplaisantes, elle les octroyait d'office à l'autre.

Et *« l'autre »* justement, c'était Bernard !

Bernard l'énervant,

Bernard l'omniprésent,

Bernard l'encombre monde ;

Mais surtout, Bernard !

Bernard qu'elle avait choisi pour toujours et pour compagnon de vie.

Mais là !

Bon : dans un premier temps, Suzanne imagina qu'il faudrait peut-être réduire la masse corporelle de son désormais *« ex »*.

Acide ? Découpage ? Hachage ?

La pauvre femme ne se voyait guère entamer cet ouvrage et encore moins entamer l'embonpoint du défunt. Premièrement, elle est certaine de ne pas avoir du matériel d'assez bonne qualité pour un travail pareil. Et puis, Suzanne n'aime pas salir. Or le découpage… je vous passe les détails. L'acide ? Clairement trop risqué et puis où trouver assez de produit ? D'autre part, elle pouvait se brûler gravement, la baignoire serait sans doute endommagée. Franchement trop complexe.

Bref ; tout ça pour dire que notre Suzon n'ayant pas trouvé la moindre solution adéquate, elle opta encore une fois pour la fuite.

- Ah merde ! Quand ça veut pas venir... bon ben mon Nanard chéri, va falloir que tu patientes. J'vais commencer par faire le ménage et comme t'as jamais eu de talent pour m'aider, ce s'ra aussi bien que t'ailles te pieuter.

Elle l'attrapa par les aisselles.

Soufflant comme un bœuf attelé à une lourde charrue, elle le tira comme elle put jusque dans la chambre. Le déposant au pied du lit, elle s'épongea le front, car malgré la neige au dehors, la température intérieure, mais surtout interne, dépassait nettement les degrés de saison, voire de raison. Ennuyée, elle jaugea la hauteur du lit, ouvrit les draps, partit chercher deux sangles solides au garage, les fit coulisser sous les bras du mort ; ensuite, elle contourna le lit et le hissa enfin avec grand-peine.

- Vinzou d'vinzou ! Ben heureusement qu't'es mort avant l'repas d'hier ! À mon avis c'était bien temps de t'mettre au régime.

Ces quelques mots, ne les interprétez pas trop vite comme méchanceté. Suzanne arrangea son époux avec soin, puis elle lui remonta l'édredon jusque sous son menton.

L'effort n'avait pas apaisé sa migraine. Elle partit donc en cuisine se préparer un cachet effervescent.

- Eh oui ma fille, qui abuse du champagne le soir, se prescrit le pétillant du matin en guise de petit-déj.

Une fois le médicament ingurgité, elle se prépara quand même une solide collation. Mais se sentant toujours aussi seule, puisque personne à engueuler, elle alluma la télévision.

Le temps passa mollement. On pourrait même dire qu'il avait tendance à faire durer le déplaisir. Le regard hagard, notre maîtresse des lieux se sentait perdue en son logis.

Les émissions abrutissantes se succédaient et faisaient leur office. Suzanne n'allait pas vraiment mieux, mais elle n'était plus vraiment dans la réalité. Les yeux toujours fixés sur l'écran, comme hypnotisée par la crétinerie qui défilait devant elle, elle mit machinalement deux couverts, réchauffa le reste du gigot et instinctivement, elle appela :

- Bernard ! Tu viens à table ?

Et PAF ! Là, elle émergea.

À deux pas de chanceler, elle se rattrapa au coin de la table. Ne sachant que faire, elle alla à la chambre voir si tout allait bien.

Si tout allait bien ?

Étonnant comme le cerveau peut parfois inscrire des conneries à l'intérieur d'un crâne !

Bien sûr Bernard n'avait pas bougé d'un poil ; mais de là à dire que tout allait bien !

La morosité revenant à toute allure se jeter sur la malheureuse veuve, elle eut un sursaut de volonté. Elle se secoua et afin de ne pas céder à une panique sournoise qui commençait à poindre en son for intérieur, elle quitta vite la pièce et se réfugia devant le réfrigérateur.

Manger ! Manger, c'est souvent instinctif chez cette femme. Manger, c'est une bouée de sauvetage, un réconfort. Pourquoi s'en priver ?

- *On me privera bien assez quand je serai en taule au pain sec et à l'eau croupie.* Songea-t-elle lugubre.

C'est alors que surgit une option des plus curieuses.

- *Et si je LE mangeais ?*

Oui, ça peut choquer. Mais que voulez-vous, une association d'idées, c'est comme une association de malfaiteurs : comme diraient nos forces de l'ordre, ça ne se contrôle pas toujours.

Évidemment, pour le manger, il aurait fallu le découper. Donc, retour à la case départ. Niet ! Pas possible.

En attendant la brillante étincelle salvatrice elle s'installa à table et se servit un copieux morceau de gigot. Pourquoi jouer les délicates puisque personne ne partagerait son repas ? Attrapant la carafe d'eau plate, elle se dit :

- Pfeu ! De l'eau plate un vingt-cinq décembre ! T'as raison mon Nanard ; jamais t'aurais accepté ça. Va pour un ch'ti rouge de derrière les fagots.

Comme elle n'avait pas de fagot, elle descendit à la cave…

La cave !

Mais oui ! Comment n'y avait-elle pas songé plus tôt ?

Remettant son festin à plus tard, elle entreprit d'organiser la chose. D'abord, préparer un nid douillet pour son homme. Ils avaient partagé trop de choses pour le balancer là sans autre forme de procès. Des choses bonnes, ou mauvaises cela va sans dire ; mais forcément dans le lot, il y avait eu du bon : Nathanaëlle par exemple. Alors, quel que fût son caractère, elle voulait faire les choses convenablement. Elle commença par faire du rangement…

Tout à coup, elle entendit seize heures sonner à la pendule seventies.

- Déjà ? Ben pour le coup, j'ai même pas vu le temps passer. C'est pas tout, mais si j'veux pas sauter un repas, faudrait peut-être que j'aille manger avant l'heure du dîner.

Elle passa en coup de vent devant la chambre en lançant au défunt :

- Au moins mon pépère, aujourd'hui tu rouspèteras pas parce que je passe à table n'importe quand ! C'est toujours ça de gagné.

Puis elle fila à la cuisine. Elle se décrassa quelque peu. Vu l'heure avancée, elle se contenta d'une assiette froide et d'un grand verre d'eau gazeuse.

Ensuite elle retourna à l'ouvrage.

Il y avait énormément à faire. La cave n'avait pas été ordonnée depuis belle lurette et les choses les plus invraisemblables s'étaient données le mot pour venir s'entasser là, dans la plus grande des logiques connues : c'est-à-dire, le bazar. Le plus simple eut été de tout fourguer à la déchèterie ou aux compagnons d'Emmaüs. Mais un vingt-cinq décembre ! En plus, niveau discrétion, il y avait peut-être mieux à faire que de courir se jeter dans la *« curiosité »* des voisins, genre :

- Ouh ! Ben vieux, elle en jette bien des trucs la vieille mère Grincechafoin ? Et un vingt-cinq décembre en plus. Elle a au moins dû s'engueuler avec son bonhomme et elle lui fout son barda dehors ?

Voyez ! Ce style de ragots tirés de derrière les rideaux ! *(Ben de nos jours, on se cache plus souvent derrière les rideaux, que derrière les fagots).* Et ça, à éviter à tout prix.

Alors, elle tria comme elle put. Elle *« dispatcha »* la plupart des objets, un peu partout dans la maison ; comme par exemple le vieux lampadaire complètement cassé que Nanard n'avait jamais voulu jeter parce que :

- Tu m'fais rire ma Suzon ! Avec toi faudrait tout jeter. Moi j'te le dis, ce lampadaire je vais te le remettre en état, ni vu ni connu, tu verras même pas les réparations !

Ah ça, elle devait bien reconnaître aujourd'hui, qu'elle ne les voyait toujours pas, les fameuses réparations ; et pour cause ! Pourtant le truc en question, il traînait au fond de la cave depuis au moins dix ans. Cette saleté, elle l'avait refourguée dans la chambre, du côté à Nanard justement, en souvenir de ses imperfections. En l'occurrence, le côté de chambre du défunt risquait d'être très encombré. Mais par ailleurs, là, dans la chambre du couple, personne n'avait aucune raison de venir faire une visite imprévue.

Conclusion : tout ce bazar n'aura aucune chance d'étonner qui que ce soit.

Suzanne travailla d'arrachepied.

Elle fit des allers, des retours, des montées, des descentes, des vas et des viens, *« des j'en veux plus, j'en peux plus »* ; enfin bref, quand, au bout de quelques heures, elle eut nettoyé la pièce à son idée, elle s'écroula d'épuisement dans un des fauteuils du salon. Son œil fatigué regardait sans le voir le spectacle affligeant du sapin tombé sur le petit escabeau et les décorations répandues au sol, abîmées, écrabouillées et dorénavant inutilisables. Elle avait beau ne pas vraiment contempler le triste tableau, elle enregistrait l'image sans s'en rendre compte.

Bêtement, elle ne put s'abstenir de penser :

- *Mais quel chieur. Même au moment de casser sa pipe, il a fallu qu'il me foute le bordel. J'en ai ma claque du ménage.*

Cette pensée la ramena à la sensation d'une immense solitude. Elle se remit à sangloter doucement, comme une misérable môme abandonnée…

Alors, jour de Noël ou non, elle était vraiment trop fatiguée. Elle se sentait vraiment trop seule. Elle était vraiment trop éprouvée.

Cette fois, sans manger, elle partit se coucher auprès de son homme, qui désormais avait l'avantage de ne plus ronfler.

LA FÊTE EST FINIE

Aux aurores, une odeur assez peu agréable se mit à lui chatouiller le nez. Encore vautrée dans les bras de Morphée, enserrant amoureusement son oreiller douillet, elle émergea quand même avec peine. Frustrée d'être dérangée en plein sommeil, elle râla :

- *Merde Bernard ! Arrête de me prendre pour ta bonniche. Je t'ai demandé mille fois de mettre tes chaussettes puantes directement dans le linge sale. Maintenant ça chlingue ici.*

Et naturellement, dès qu'elle eut prononcé ces paroles, la tragédie la réveilla violemment. Instinctivement elle cria :

- *Bernard !*

Rien à faire ; s'accoutumer à cette mort serait bien plus difficile qu'elle ne l'aurait cru dans ses anciens rêves éveillés de liberté.

Pendant ce temps, le radiateur, s'il avait l'avantage de réchauffer Suzanne, comme de bien entendu, avait aussi le net désavantage de chauffer le macchabée, et donc, d'aider quelques mouches opiniâtres à faire leur ouvrage…

Suzanne se dit qu'il n'y avait pas moyen de repousser plus loin la décision. Il fallait faire quelque chose de son époux.

Elle commença par couper le chauffage de la pièce, et, se gardant bien d'ouvrir les volets, elle se contenta de les accrocher à l'espagnolette comme elle le faisait souvent. Ça ne risquait donc pas d'alerter le voisinage.

Ensuite, elle laissa la fenêtre ouverte pour faire entrer le froid. Puis elle quitta la morgue improvisée avant de s'enrhumer.

Allant prendre son petit déjeuner, tout à la recherche d'une étincelle, elle passa en revue et en pensée la kyrielle de machins qu'elle avait trouvés, hier, dans la cave.

Des chaises à réparer, un vieux fer à repasser au fil coupé, la luge et les six paires de skis presque neuves qui avaient suivi les progrès de Nathanaëlle, le premier épouvantail de la famille, un antique réchaud où sa grand-mère tournait les confitures pendant des heures installée dans son entresol pour ne pas salir sa cuisine ; puis encore, des fringues d'un peu toute la famille, usées et moisies ; l'accordéon désarticulé du tonton Édouard, la grande lessiveuse du pépé de Bernard encore pleine de la cire qui servait à plumer les volailles, trois balais *« dépoilés »*, le vieux chauffe-biberon, les…

- *Mais ? La lessiveuse pleine de cire ? La lessiveuse pleine de cire… le réchaud sur pied… un épouvantail ! Ben… je pourrais peut-être… je me demande si ? En plus, le vieux pépé faisait toujours des tas de stocks de tout et de rien ! Si ça se trouve…*

Elle courut immédiatement au grenier où s'entassaient les machins qui étaient devenus inutiles, mais qui n'avaient pas la disgrâce d'être en mauvais état. D'ailleurs beaucoup de ces choses encombrantes et obsolètes étaient même encore dans leur paquet d'origine.

Quand, au bout d'une bonne heure et demie, elle redescendit du grenier, Suzanne avait des toiles d'araignées plein les cheveux, mais elle arborait un sourire vainqueur. Elle déposa soigneusement sur la table en formica de la cuisine, une vingtaine de trucs rectangulaires encore empaquetés de cellophane. Elle souffla en frottant ses bras meurtris par le poids et le volume du chargement qu'elle avait rapporté dans un grand carton solide. Contente de sa trouvaille, elle eut une pensée généreuse pour son ex-beau-père, qui mangeait les pissenlits par la racine depuis bientôt plus de vingt-six ans.

- Dire qu'on s'est si souvent disputés à cause de votre sale manie de stocker tout ce que vous pouviez mon pauvre pépé. Ben pourtant, grâce à vous et vos peurs que le rationnement de la guerre vous avait refilées, j'vais pouvoir faire une beauté durable à votre ch'tit gars avant qu'il parte vous rejoindre pour l'éternité.

Reconnaissante, elle sortit un cadre ancien à la photo sépia où l'homme en question arborait fièrement une moustache en guidon de vélo, aussi figée que le sourire froid du personnage.

Depuis le jour de son mariage, Suzanne avait détesté son rigide beau-père et cette photo avait été enfouie dans ce tiroir le jour même de son enterrement sans même un Pater Noster.

Mais aujourd'hui visiblement, elle estimait lui devoir quelque chose de grande importance…

Pourquoi ?

Pour quelques vieilleries dénichées sous d'épaisses toiles d'araignées ?

En réalité, on est forcément en droit de se demander où voulait en venir la maîtresse de maison ? Malgré la forme et le poids des paquets rectangulaires, elle n'avait tout de même pas découvert des lingots d'or dans son grenier ? En tout cas, à la voir jubiler, on aurait pu s'interroger…

Très satisfaite de ses trouvailles, qui aux yeux du profane n'avaient pourtant rien de bien extraordinaire, elle se mit à sourire et se détendit nettement. Voyant son reflet dans un miroir, Suzanne s'aperçut qu'elle avait l'air d'une folle sortie tout droit d'une grotte pleine de crottes. Elle fila à la salle de bain se décrasser et faire une bonne toilette. Après sa douche, songeant aux effluves matinale de son défunt, elle refoula un haut-le-cœur et s'aspergea d'eau de Cologne. Ensuite elle se coiffa avec soin afin de chasser les dernières poussières accrochées à sa tignasse et pour pouvoir travailler sans gêne l'après-midi. D'ailleurs pour ne pas avoir de mèches dans la figure, elle se fit un chignon serré qu'elle entoura d'un filet léger.

N'ayant pas envie de retourner tout de suite dans sa chambre chercher une tenue propre, elle enfila un pantalon et un sweat qui zonait là sur une chaise en attente du jour de lessive.

Alors enfin, après les recherches fructueuses au grenier suivies de la séance relaxation et propreté, comme la matinée s'achevait déjà et qu'elle avait été assez effervescente, elle s'aperçut qu'elle avait un creux à l'estomac.

La brave femme estima indispensable de s'accorder une pause. Elle partit se préparer un petit casse-croûte. Un reste de gigot froid, une carotte râpée à la va-vite, un bout de fromage avec du pain, et hop ; en moins de deux, elle engloutit son maigre repas pour tenir la route.

L'en-cas à peine ingurgité et poussé avec un café fort et brûlant, elle attrapa le carton chargé de ces fameux trésors expurgés du grenier, puis descendit à la cave en toute hâte. À peine eut-elle déposé son chargement, qu'elle remonta au rez-de-chaussée au pas de charge.

Essayant de faire abstraction de Nanard, dont le parfum n'avait franchement plus rien à envier aux plus grands, même *« By Gasoil »*, ni par la teneur ni par la puissance, et ce, malgré le froid entrant derrière les volets clos ; essayant tout autant d'oublier pour l'instant l'urgence de la situation, avant qu'un voisin fouineur ne découvre le pot-aux-roses nauséabond :

Suzon la courageuse entreprit de RE-trier le fatras remonté de la cave qu'elle avait, à grand peine, réussi à caser dans les moindres espaces de l'armoire de la chambre et des deux grands placards situés juste à côté, dans le couloir. Les pauvres espaces rangement en avaient ras-la-gueule. La porte de l'armoire refusait de se refermer tant elle trouvait le bazar qu'on lui imposait indigne de son bois noble et ciré. Suzanne souffla comme un taureau en rut pour lui faire entendre raison. Le placard de droite refusa de lui octroyer l'objet de sa recherche.

Enfin, le nez dans le placard de gauche, au bout de longues minutes elle finit par pousser un cri de joie :

- Eh ben ! Tu m'auras bien fait frire espèce de réchaud de merde. Fini de te planquer. Y a du boulot qui t'attend.

Et illico-presto, ayant attrapé son étonnante proie, la voilà qui reprend le chemin de la cave profonde…

GRAND ART

Tout d'abord par prudence, Suzon entreprit de masquer les lucarnes du sous-sol de sa demeure. Elle scotcha plusieurs épaisseurs de grands sacs poubelles noires sur les vitres afin de les opacifier. Elle avait assez peu de rapports avec les villageois, mais justement, sait-on jamais avec les *« bonnes gens »* ...

Ensuite, elle dégagea au maximum le vieil établi du grand-père. Elle le couvrit d'une grande toile cirée, à peu près *« potable »*, qu'elle avait aussi dénichée dans tout le bordel. Il fallait que la surface soit suffisamment lisse et non collante pour mener à bien son projet. Pas trop loin, elle installa le réchaud sur son trépied puis y déposa la grande lessiveuse à plumer les volailles, encore pleine de cire. Elle refit un tour éclair en cuisine afin d'en ramener des allumettes. Elle mit la cire à fondre doucement… enfin, elle enleva tous les papiers cellophanes qui entouraient les fameux *« lingots »* bruns/miel.

Mais au fait, ce stock de lingots, c'était quoi ?

Des pains.

Pas des pains à manger. C'était simplement une grande quantité de pains de cire tous neufs.

En effet, la grande lessiveuse garnie et la tradition estivale du village avaient inspiré notre toute nouvelle artiste. Suzanne s'apprêtait à endosser l'âme d'une véritable créatrice de génie. Sous peu, même le musée Grévin n'aurait pas une œuvre surpassant SON Bernard !

Et vous, tel l'appel du général de Gaulle le 18 juin 1940 sur radio Londres : vous l'aurez compris(se)…

Ceinte de son grand tablier de cuisine, le dernier que son cher époux avait trouvé judicieux de lui offrir, car il possédait en caractères gras le non subliminal message « SOIS GROSSE SI TU VEUX, J'AIME LA BONNE BOUFFE ! », la maîtresse des lieux se rendit avec détermination dans la chambre.

Le système de la fenêtre ouverte et des volets clos avait quand même réussi à faire son ouvrage. Le froid de la pièce avait décéléré le travail des insectes frileux, ainsi sans doute, que la décomposition. De plus, l'odeur était bien atténuée. Avec poigne, la nouvelle embaumeuse agrippa le mort. Le prenant sous les aisselles et soufflant cette fois comme un cheval de labour, elle entreprit de le descendre à la cave. Soupesant son lourd fardeau, elle songea avec reconnaissance à la bonne idée qu'avait eue Nanard le jour où il avait décidé de faire une porte à ce fameux sous-sol. Il tenait tant à avoir une entrée directe sur la rue du bas. À l'époque, elle avait gueulé comme un putois :

- Alors là mon p'tit père, quand il s'agit de faciliter l'entrée de la bibine, les travaux ils lui font pas peur ! C'est pas comme quand j'demande de réparer le robinet de la cuisine qui goutte depuis plus d'un an !

Pourtant aujourd'hui, grâce à cette porte qui avait vu passer pas mal de cageots de bières et quantité de tonneaux de vins, elle pouvait espérer sortir son *« œuvre »* sur le trottoir en temps voulu sans trop de difficulté. Ah si Bernard avait su, aurait-il voulu la faire cette porte ?

Arrivée dans ce lieu qui désormais allait servir d'atelier d'un genre nettement moins rural, Suzanne hissa son homme sur l'établi avec des *« ouhs »* et des *« hans »* des plus explicites. Elle se mit à l'observer intensément comme s'il était une découverte…

- Nom de Dieu d'nom de Dieu ! Les embaumeurs y laissent point les entrailles à leurs momies ! Faudrait quand même pas qu'tu pourrisses de l'intérieur. Te couler dans la cire, bon ! mais te farfouiller les tripes ! ça c'est une autre paire de manches.

La pauvre femme resta ainsi prostrée un long moment, quand enfin, dans sa grande mansuétude Dame nature lui envoya un messager qui tomba à ses pieds :

Une blatte !

Une blatte blanche et non noire !

Une grosse blatte raide morte, car elle avait eu la malencontreuse idée de faire escale sur une traînée de chaux vive que Suzanne avait fait tomber par terre, la veille, en en déplaçant un gros sac de trente kilos.

Suzanne regarda l'insecte !

Suzanne regarda le sac !

Suzanne regarda Bernard…

- Bof ! Au point où tu en es mon bonhomme, un petit lavement ne peut pas te faire de mal, non ?

Immédiatement, elle façonna une bouillie avec de l'eau et la poudre blanche. À l'aide d'un vieux tuyau d'arrosage, elle fabriqua un *« intubage »* improvisé. Elle déshabilla Bernard, puis, elle lui versa dans le bide, autant de mixture assainissante qu'elle put. Quand enfin son mari eut ingurgité assez de *« lait »* pour passer une éternité tranquille et rassasiée, elle finit l'incroyable toilette chaulée par un remplissage consciencieux de tous les orifices du trépassé.

Oui, tous. Il y a des instants dans la vie où il n'est pas bon de faire la délicate.

Quand le travail de propreté fut terminé, la cire bouillonnait doucement en faisant des bulles odorantes. Taquine, Suzanne lança :

- Tiens mon coco, pour une fois, c'est pas toi qui fais des bulles.

Puis s'emparant de la grosse louche, elle se mit à badigeonner copieusement son cher défunt avec la cire chaude…

L'ouvrage fut très long…

D'abord, il fallait enduire partie après partie pour y revenir ensuite lorsque la cire avait croûté.

Ce fut d'autant plus long qu'il ne faisait pas froid dans la cave avec le réchaud en action. Mais Suzanne n'osait pas se risquer à entrouvrir une des lucarnes.

Il fallait être patiente puisqu'il était impératif de superposer plusieurs couches pour donner une épaisseur raisonnable au personnage.

Enfin, quand le côté face fut achevé, il fallut entreprendre le côté *« pile »* après avoir gratté toutes les bavures de cire en trop qui avait coulé tout autour du corps.

Lorsque le deuxième côté fut assez dense lui aussi, il fallut à nouveau ébarber le pourtour.

Quand notre Suzon eut fini son terrible labeur, vingt-deux heures sonnaient tout juste à la pendule seventies.

Épuisée, elle laissa le tout ainsi après avoir éteint le réchaud, puis elle partit dormir sans même passer par la case cuisine. Elle murmura juste :

- *J'en peux plus et puis qui dort dîne.*

Ainsi, à peine allongée, elle s'endormit profondément…

RÉSULTAT

Le lendemain, c'est la faim qui réveilla notre veuve relativement tôt. Comme Bernard n'était plus en état de la contredire, elle se fit trois œufs au plat sur un lit d'oignons frits au beurre, qu'elle dégusta confortablement installée à la table en formica. Les œufs ! il avait toujours détesté cette odeur, surtout au petit-déjeuner. Cette pensée rasséréna la veuve un court instant. Sa situation n'avait pas que des désavantages.

Une fois repue elle rangea la cuisine, et avant d'aller se laver, elle descendit voir si le travail de la veille n'avait pas bougé.

Tout semblait OK.

Avec beaucoup de bonne volonté, elle essaya de mettre Bernard debout.

Pas simple.

Alors, après l'avoir repositionné en *« Dormeur de la cave »*, moins poétique que le *« Dormeur du val »*, mais tout aussi mort, comme il s'obstinait à ne pas vouloir essayer le garde-à-vous, fataliste, elle partit se doucher.

Philosophe, cette femme estimait que bien souvent les solutions venaient d'elles-mêmes. Par ailleurs, voici deux jours qu'elle n'avait pas trouvé le temps de se laver les cheveux.

Pensant avec grande subtilité que désormais son époux ne risquait plus de se dégrader davantage, elle s'accorda ce temps ; mais quand elle voulut attraper son shampoing de modèle solide en forme de biscuit à la noix-de-coco, celui-ci vint d'un seul bloc accroché à sa soucoupe ; comme si la soucoupe en question lui servait de base. Suzanne qui, vous l'aurez certainement deviné, n'était pas la patiente faite femme, balança le tout en rugissant :

- *Mais putain ! Ça se vide une soucoupe, pour éviter ce genre de truc énervant !*

Elle faillit glisser ensuite en sortant trop vite de la douche dans le but de réparer son geste rageur. Elle pensa qu'elle aussi aurait bien pu finir les deux pieds plâtrés. Dans son délire colérique, elle s'imagina involontairement les deux pieds ensevelis dans un gros amalgame plâtreux. Et… c'est de là qu'advint la nouvelle étincelle ! un socle. Purement et simplement un socle. En plâtre, en cire, qu'importe. En tout cas, un banal socle aux généreuses proportions suffisantes pour soutenir son épouvantail de mari, tout de cire vêtu.

Suite à cette idée géniale et dès ses ablutions terminées, de retour dans la cave assombrie par les *« pare-soleils »*, elle plongea donc un plein de pains neufs dans la lessiveuse qu'elle remit à frémir. Après, elle chercha quelque chose pour caler le futur épouvantail en position verticale.

Elle allait lui mettre les pieds dans la bassine, mais il fallait qu'il tienne le temps que la cire soit refroidie pour servir de socle solide et stable.

Deux vieux manches à balais et quatre chevrons en forme de tipi firent l'affaire.

Quand la popote fut assez liquide, elle posa la gamelle à même le sol au bord de la table. Délicatement, elle fit glisser Bernard, les pieds devant.

Elle eut bien du mal à l'empêcher de descendre trop vite. Mais au prix de maints efforts et grâce à une sangle habillement accrochée à une poutre, elle parvint à ses fins.

Or, tandis qu'elle stabilisait la *« statue »* avec les bâtons, elle se rendit compte que les traits de son homme étaient nettement reconnaissables. Sa première réaction fut de dire :

- Ben beudieu mon bonhomme ! Si on t'avait dit un jour que t'aurais ta statue. Et grandeur nature encore !

Puis, soucieuse et chagrine elle soupira :

- Tu me poseras des problèmes jusqu'à quand ? À croire que c'est ma mort à moi que tu veux ! D'accord la vengeance est un plat qui se mange froid. Mais enfin mon moumour chéri, tu le sais que j'ai pas fait exprès de t'estourbir puisque tu sais tout de là où tu es. Fais un beau geste pour une fois ! Envoie-moi une idée.

Mais comme son *« moumour »* faisait visiblement la sourde oreille et que rien ne venait éclairer sa lanterne par magie, elle le planta là avec une aigre constatation.

- Puisque Monsieur fait sa tête de mule, je te laisse. Je reviendrai quand tu seras de meilleur poil !

Maintenant qu'il était embaumé, plus rien ne pressait vraiment, et puisqu'il refusait d'y mettre du sien...

ET APRÈS ?

À la suite de toutes ces aventures, Suzanne était HS. Hors service oui, mais satisfaite du résultat obtenu.

Le problème de *« ressemblance »* ? Bof, elle trouverait bien une solution plus tard.

Elle allait pouvoir souffler un peu les jours suivants. Eh oui, à présent elle allait devoir reprendre le cours de sa vie.

Le cours de sa vie seule, bien entendu. Même très très seule…

La pauvre ne comptait guère d'amis, pour ne pas dire, carrément aucun. Oh, des connaissances ! naturellement. Mais un ou une véritable amie...

Elle ne travaillait plus depuis des années, donc, pas de collègues. Sa fille qui lui faisait la gueule depuis des lustres.

Bon ! de toute évidence, pas facile.

Cependant, à y bien penser, là encore il y avait des avantages.

Pas trop de monde à tromper, pas trop de mensonges à inventer. Tout au plus, trouver la parade aux indiscrétions inévitables du voisinage toujours curieux, soi-disant par bienveillance.

Pour ça aussi elle avait le temps de voir et d'agir. Le bon côté de l'hiver : les voisins, c'est comme les mouches à merde, c'est moins fréquent.

Les quinze jours suivants, Suzanne bulla. Plus décontractée, elle s'accorda le plaisir simple de se fader toutes les séries télévisées qu'elle put. Le panard ! Bernard lui son truc, c'était les informations. A priori pourquoi pas ; il n'y a pas de mal à se tenir au courant de la marche du monde. La marche du monde ? Sauf que les informateurs, ils veulent bien que vous les regardiez en boucle ; mais de là à aller chercher des tas d'infos intéressantes, différentes et variées ; et en plus, sur toute la planète et son univers environnant ! Faudrait pas pousser mémé dans les orties, ou plus exactement, faudrait pas pousser pépé dans les conflits, si ce n'est pas pour divulguer du conflit rentable et du bien juteux en audimat.

Conclusion, la Suzon, les informations poussant à l'ignorance crasse, elle en avait largement sa claque. Tant qu'à faire de regarder des niaiseries…

Alors : séries ! Séries B, ou A ou D, elle s'en foutait royalement, du moment que ça lui permettait de s'évader de ses tourments et de sa morne solitude.

Mais voyez-vous, même dans les choses qui peuvent paraître les plus idiotes, il peut toujours se glisser un infime détail d'où pourra jaillir la plus lumineuse des étincelles.

C'est en regardant Zorro pour la énième fois, que notre apprentie embaumeuse eut une nouvelle idée des plus originales. Dans son esprit, le justicier masqué allié au souvenir d'une terrible pandémie, qui avait imposé à tous les citoyens le port d'un masque couvrant nez et bouche pour ses vertus hygiéniques, se mélangèrent…

Grâce à cela, l'artiste improvisée songea que le mieux pour dissiper le risque plus que probable de reconnaître son époux, même à travers l'épaisse couche cireuse, serait évidemment d'en faire un épouvantail masqué. Elle se dit que Zorro serait un choix honorifique pour Nanard. Mais, comme le personnage n'avait que le haut du visage couvert d'un petit bout d'étoffe noire, elle craignait que la bouche et la forme du menton ne trahissent la vérité. Décidément, de l'au-delà Bernard ne l'inspirait guère. À croire qu'il lui en voulait et qu'il refusait de comprendre qu'elle n'avait pas fait exprès de l'achever.

- *Ça mon bonhomme, la rancune c'est pas joli joli. Allez ! Fait un effort pour une fois, aide-moi un peu ça te changera !*

Malgré ses exhortations, rien ne venait. Contrariée elle ragea :

- *Nom d'une pipe en bois des Indes ! T'es vraiment un vieux chieur de premier ordre, ce n'est pas bien du tout mon p'tit père. C'est même très mal de ta part. Mal mal mal ! Oh oui que c'est mal... Mal ? mais évidemment...*

Et parce que le terme *« mal »* trottait dans sa tête tracassée et influencée par les fictions cinématographiques, Suzanne pensa enfin à un personnage plausible.

Dark Vador ! Génie du mal : idée génial.

Dark Vador !

OK, lui il n'est pas très sympa. Tant pis pour Nanard, il n'avait qu'à inspirer mieux.

Au moins celui-là, il n'était pas trop dur à costumer et son masque a l'immense qualité de recouvrir toute sa figure. En plus, son casque cache le reste. On ne pouvait mieux trouver.

En conséquence, cet après-midi-là Suzanne quitta l'écran de télé pour retourner à son chef-d'œuvre. Elle dénicha une grosse paire de ciseaux, du carton, du scotch et des agrafes.

Après, elle se rendit au sous-sol avec une légère crampe d'estomac, car depuis quinze jours, elle avait évité le secteur, estimant que son Jules n'avait pas franchement besoin d'elle.

Elle redoutait de trouver un problème.

Elle descendit les quelques marches avec appréhension…

Déjà : pas d'odeur particulière. Pas de mouche importune. Ouf ! Elle retrouva Bernard aussi *« beau »* qu'elle l'avait laissé. Parfait.

S'installant à l'établi, elle commença par dessiner le prototype avant de réaliser une sorte de moule en carton solide. Dans le moule en carton, elle coulerait le masque définitif, qu'elle allait faire en cire, comme le reste. Ensuite, un coup de peinture en bombe et le tour serait joué, espérait-elle. Au bout de deux bonnes heures de gribouillage, de coupe, de redécoupe, de collage et de *« scotchage »*, elle parvint enfin à être satisfaite de son travail. Elle jugea le masque réussi. Avant de couler le produit, elle prit soin de *« napper »* le fond d'un bout de sac plastique afin que cette cire n'adhère pas.

Après, elle moula le fameux visage de Dark Vador, puis elle quitta la cave, laissant l'affaire refroidir jusqu'au lendemain. Quand le moulage serait parfaitement figé en profondeur, elle viendrait l'appliquer sur la tronche à Nanard, le collant définitivement à l'aide d'un peu de cire chauffée.

Demain enfin, l'épouvantail serait terminé. Il attendrait gentiment la saison estivale pour rejoindre ses copains de rue et embellir le village.

Parfaitement zen la maîtresse des lieux lança joyeusement :

- *Pour une fois si t'es pas poli, tu feras joli mon bonhomme. Et maintenant un bon film et un plateau repas. Tiens, et pourquoi pas Star Wars ?*

LA LETTRE

Les jours s'écoulèrent paresseusement.

Quand par hasard, un voisin étonné demandait des nouvelles de Bernard, Suzanne prétendait qu'il s'était enfin décidé à rendre visite à leur fille aux États Unis. Et pour refroidir l'ambiance et l'ardeur du fouineur, comédienne comme pas deux, elle ajoutait même en gueulant avec hargne des propos du genre :

- *Sans blague ! Il était ben temps qu'y s'conduise en père, ce dévergondé. Pauvre gamine qu'espère depuis des lustres les excuses d'un père qui s'est jamais occupé d'elle. Sûr que j'ai été bien trop patiente avec lui, mais là, je lui ai dit : mon pépère, cette fois t'assumes, t'y va tout seul. Non mais des fois ! J'ai pas eu raison ?*

Quand ce n'était pas cela, elle lançait des aigreurs soupçonneuses :

- *Mais oui qu'il n'est pas encore rev'nu le saligaud. Vraiment, il est pas pressé de rentrer. Elle a bon dos sa fifille. Bougre de cochon. Il aura au moins trouvé une femelle pas trop difficile. Si c'est pas malheureux à son âge ! Vous feriez quoi vous à ma place ?*

Or, à sa place, personne n'eût jamais voulu y être.

Personne ne souhaitait répondre à ses questions vaseuses.

Les voisins déjà fort peu enclins à lier conversation avec celle qu'ils surnommaient entre eux, la mégère, tournaient les talons le plus vite possible afin d'éviter les histoires biliaires de ce couple réputé peu engageant. Après tout, que le Bernard Grincechafoin aille au diable s'il le voulait, comme sa bergère d'ailleurs.

Malgré cela, un mois, puis deux, puis trois mois passèrent. Insidieusement, l'indifférence laissait tout de même place à l'interrogation. Nul n'en parlait à l'intéressée, mais justement, plus personne ne la saluait que de très loin, plus personne ne lui posait la moindre question.

Notre Suzon n'était pas dupe. Alors elle commençait à se demander quoi inventer pour justifier l'absence prolongée de son époux. La visite chez leur fille devenait un prétexte grossier. Elle se dit que ses pseudos inquiétudes face à une éventuelle infidélité de son jules pouvaient servir et être suivis par le désespoir. Désespoir d'une femme affligée d'un mari infidèle. Désespoir d'avoir été lâchement abandonnée par un malotru volage...

Un matin, en sortant prendre son courrier, elle entreprit son changement de stratégie. De ronchonne et râleuse, elle se mit à jouer les éplorées.

C'est donc elle qui entreprit la conversation. L'information se diffuserait ensuite naturellement. Le commérage saurait faire son ouvrage.

- Bonjour madame Michu. Ça va chez-vous ? Oh moi ! Si vous saviez...

Et tatati et tatata... jusqu'à :

- Pensez madame Michu, j'ai rien vu venir. Rien que j'vous dis ! Moi qui ai toujours été la fidélité faite femme. Me voici bien seule. J'ai même pas l'cœur d'aller rejoindre mon adorable Nathanaëlle. Elle me supplie pourtant de v'nir. Mais rien que l'idée de côtoyer une de ces saloperies d'américaines ! Ouh ! J'en suis toute retournée.

Et ma foi, les choses allaient plutôt bien. La sympathie s'invitait dans le quartier. Les commentaires acides envers Bernard, qui avaient honteusement laissé une pauvre femme, allèrent bon train.

Suzanne se disait qu'elle était sortie d'affaire et que plus rien ne pouvait la faire plonger.

Bref, elle était heureuse somme toute.

Quand un mauvais jour :

Une lettre !

Une lettre de Nathanaëlle !

Le cœur de mère se mit à battre au risque de rompre sa corde sensible, mais surtout, son aorte.

Prenant une longue inspiration, elle se laissa choir sur le canapé usé, puis elle chaussa ses lunettes de lecture avant de décacheter l'enveloppe d'une main tremblante…

- Maman et papa

Voici trop longtemps que nous sommes séparés. J'aurais tant aimé passer les fêtes de Noël à vos côtés. Malheureusement, il a fallu qu'une nouvelle étincelle jaillisse entre maman et moi au téléphone pour encore tout gâcher. Maman, papa, je ne sais si c'est moi qui ai trop mauvais caractère, ou si c'est vous et vos querelles idiotes qui êtes responsables de notre triste séparation, mais aujourd'hui, je m'en fous. Au risque de le regretter je veux faire la paix avec vous. Je dois faire un voyage éclair en France pour mon travail, dans la région toulousaine. Si vous êtes d'accord, je me réserverai une journée pour venir vous embrasser. Votre fille malgré tout.

Nathanaëlle

PAF PAF et RE-PAF !

Alors là, ça c'était la tuile modèle XXL. Évidemment depuis très longtemps Suzanne rêvait du moment magique où elle pourrait serrer sa fille dans ses bras. Et ça, plus que tout au monde. Mais là, juste maintenant… ben elle n'y avait simplement pas pensé.

Il fallait trouver un truc et vite !

Expliquer l'absence de son mari était déjà un challenge…

Mais surtout, surtout, il ne fallait à aucun prix que Nathanaëlle risque de rencontrer une des mères cancans du pays !

Le fin mot de l'histoire *(si j'ose m'exprimer ainsi)* serait forcément découvert ! Ce soir-là, la pauvre femme fut bien incapable de se concentrer sur la moindre série télévisée. Sa nuit agitée fut pleine de cauchemars effrayants. À un moment donné, elle était poursuivie sous une lune ronde et orange par un zombie en matière luisante beige rosé. Le monstre semblait dégueuler des mots noirs qui s'accrochaient à ses cheveux en bataille, comme les glaires écœurantes d'une cohorte de chauves-souris démoniaques. Cela donnait à peu près ceci :

- Mort ! Mort ! Oh oui je suis mort et je me coule en toi pour toujours. Tu ne m'échapperas plus jamais. Suzaaaaaannne, je me nourrirai de ta chaiiiiir…

Elle se réveilla en sursaut au moins dix fois dans la nuit. Au matin, à nouveau éveillée, de larges cernes sous les yeux, elle préféra quitter son lit que ses angoisses avaient rendu humide et froid. Elle partit pieds nus à la cuisine se préparer une tisane bien chaude. Tout en remuant les quatre sucres qu'elle avait jetés machinalement dans sa tasse, elle cogitait.

Que faire ? Le plus simple c'était naturellement de relancer volontairement la dispute, rien de plus facile…

Mais ça… Non, ça son cœur de mère déjà tant éprouvé en était incapable. Partir ? Oui, il lui fallait partir. Mais partir pour aller où ? Toulouse ! C'est à Toulouse que Nathanaëlle allait atterrir dans quelques jours.

- *Comment n'y ai-je pas songé avant. La maison des vieux de Bernard, à Albi ! Là où nous passions les vacances quand Nath. était petite. Depuis le temps qu'on n'y a pas mis les pieds ça doit être crade.*

Pour ça, Suzon devait avoir raison. Depuis le départ de leur fille, soit depuis au moins quinze ans, il n'avait plus pris de vrais congés. Au moment de la retraite, à la période la plus faste peut-être de la vie, car ils étaient encore en pleine forme et ils avaient enfin le temps, ils avaient fait un tout autre choix. Ben oui, depuis le jour bénit de cette retraite tant attendue, le couple avait opté pour un tout autre programme : Les disputes à la place des vacances ! À chacun ses choix, c'est moins cher et ma foi, ça occupe un max.

- *Pas de temps à perdre. Si je pars assez tôt, j'aurai le temps d'arranger la baraque. Cependant, je vois pas comment je vais lui expliquer la disparition de son père. La vie parfois, c'est vraiment une chienlit.*

DÉPART

Ce jour-là Suzanne ne regarda pas la télévision. Il lui fallait tout mettre en ordre et en œuvre pour son départ dans le sud-ouest. Elle passa la journée à dresser des listes. Ce qu'il fallait emporter, ce qu'il ne fallait pas oublier d'organiser et ranger avant de partir. Elle courut de droite, de gauche. Elle plia, rangea, nettoya et commença les valises. Ne pas trop se charger, mais, comme aurait dit sa grand-mère :

- *Ma p'tite fille faudrait quand même voir à point y arriver cul nu.*

Bien réfléchir.

La vieille maison familiale était inhabitée depuis si longtemps qu'il était indispensable de prévoir un maximum de choses. Déjà, même si les températures commençaient à être clémentes, la bâtisse fermée depuis belle lurette devait être glaciale et humide. Le chauffage fonctionnait-il encore ? Bon, heureusement, il y avait une cheminée. Mais, y avait-il encore du bois utilisable ?... Le mieux était de prévoir des vêtements chauds, des draps de flanelle et de bonnes couvertures au cas où le moisi et les souris auraient tout naturellement fait un brin de zèle dans les placards et le linge oublié.

Et puis elle farfouilla au moins une heure dans les papiers. Il fallait impérativement penser à tout. D'ordinaire les factures et autres paperasses, c'était le domaine de son époux. Elle soupira en pensant qu'il faudrait bien qu'elle s'y colle désormais.

Enfin elle trouva ce qu'elle cherchait : une facture d'électricité assez récente. Ouf ! Le compteur était donc toujours actif. Pour une fois, elle remercia en silence la négligence et le gaspillage de son défunt, qui n'avait pas jugé utile de supprimer un compteur qui ne servait plus depuis des lustres, puisque là-bas justement, les lustres étaient en berne depuis des années.

Voilà. Le plus gros étant fait, maintenant il lui fallait prévenir sa fille qu'elle serait ; euh non ; attention, pas de gaffe ! Donc il fallait prévenir, **qu'ils seraient**, Bernard et elle-même, à Toulouse en début de semaine.

- *Ah merdoume ! L'histoire tourne en boucle.* Songea la malheureuse : *Comment expliquer l'absence de Bernard ?*

Encore ce vache de problème à résoudre. Mais d'un geste rageur de la main, Suzanne refoula les pensées parasites.

- *Parasite ! Ah nom de d'là, comme parasite mon Nanard, tu fais aussi fort mort que vivant. Bon, c'est pas grave, j'en suis plus à ça près. En plus, les problèmes c'est comme les pieds : on les avance l'un après l'autre, sinon, ben on se casse la figure.*

Alors j'en étais où ? Ah ! Ma princesse… hum… va bien falloir que je trouve une solution pour lui parler de son paternel.

Elle ne se sentait pas le courage de téléphoner à Nathanaëlle. Mentir en direct, c'est beaucoup plus dur que par le biais d'une feuille, voire d'un courriel. Elle préférait aussi éviter le SMS. Pas envie de converser dans l'immédiateté.

Le courriel :

Plus sûr qu'il serait reçu dans le temps imparti, mais ça ne lui imposait pas de converser. Courageusement, elle alluma son ordinateur. Alors qu'elle était déjà angoissée à l'idée de ce qu'elle devait inventer, l'écran s'alluma et lui renvoya violemment une belle photo familiale qu'elle avait prise des années auparavant.

Nathanaëlle ! SA fille chérie. Nathanaëlle heureuse faisant un gros bisou à son père lors du dernier anniversaire qu'elle avait passé avec eux à Verneuil.

La machine était trop cruelle. Elle chavira et éclata en sanglot.

Quand elle eut assez sangloté, incapable d'en faire davantage tout de suite, elle ferma le coupable objet, partit se faire un grand bol de bouillon brûlant comme pour faire passer l'amertume de sa douleur, puis, prenant un livre, elle partit se coucher sans dîner.

Demain serait un autre jour.

Elle se promit de commencer la journée suivante par le changement de la page de garde de son exécrable écran.

Elle avala son bouillon.

Un somnifère.

Noire.

HOP !

Au petit matin, le repos avait porté ses fruits de bienfait. Notre intrépide s'éveilla les idées nettement plus claires. La machine à café n'avait pas même terminé ses glouglous qu'elle avait modifié l'image qui, la veille, lui avait littéralement poignardé le cœur. Elle avait trouvé beaucoup mieux. Avant d'allumer sa boîte à messages, Suzanne avait fouiné dans le fond d'un grand coffre où se mélangeaient des trucs qu'elle trouvait plus moches les uns que les autres. Et surtout, d'horribles machins que son brave époux avait eu la délicatesse de lui offrir au long de leur vie commune. Mais après, bien après les feux de l'amour !

Tous ces bidules, elle les estimait plus ou moins *« abomifreux »*, comme elle se disait quand elle ouvrait le coffre en se demandant quand est-ce qu'elle allait se décider à jeter ces merdouilles. Ce qui l'en empêchait, c'est que c'était du neuf. Elle n'avait pas été éduquée à gaspiller. Ça pouvait toujours servir pour un cadeau. On ne sait jamais, pour quelqu'un qu'on n'aime pas vraiment ; ou pour quelqu'un qui aurait un goût de chiotte.

- *Mais bon,* se reprit la dadame concentrée sur son projet : *pour l'instant, que choisir ?*

Elle avait assez peu hésité.

- Ce gros vase verdasse qui pèse une tonne ? ou cette robe genre robe de grossesse fluo pour femme-éléphante ? Ce serre-tête qu'il m'a acheté parce qu'il avait pas vu que j'avais plus les cheveux long ? Oh tiens ! Ces magnifiques boucles d'oreilles en forme d'entonnoirs couleur « dégueuli » de vin pour des oreilles percées ! et que c'est pas mon cas ! Allez : clic ! Super, la photo est prête.

Les boucles violacées en forme de petits entonnoirs, sitôt photographiées, furent enregistrées dans l'ordinateur…

Voilà. Le nouveau fond d'écran n'aurait plus le loisir de faire pleurer sa propriétaire. Rien que de voir l'ancien présent qu'elle n'aurait même pas pu porter sans se faire charcuter les oreilles contre son gré, elle sentirait automatiquement la moutarde lui grimper au pif.

Contente d'elle, elle se servit un généreux bol de café fort bien sucré au miel d'acacia, accompagné d'une belle tartine largement beurrée, puis elle retourna s'installer devant son écran. Elle ne put se retenir de ricaner :

- Franchement Nanard ! Le jour où tu m'avais acheté ces boucles de merde, tu t'étais fiché de ma gueule. Tant pis, aujourd'hui tu l'emportes pas au paradis.

Elle se mit enfin à l'ouvrage. Elle entama courageusement le courriel à l'attention de la chair de sa chair…

- Ma grande chérie

Comme je te pense très occupée par ton travail, je préfère ne pas t'appeler, je craindrais de te déranger. Après ton coup de fil pour nous informer de ta venue, trop heureux de l'occasion que nous attendons depuis longtemps, nous avons réfléchi. Ton père me fait remarquer, à juste titre, le cher homme, que si tu dois traverser toute la France pour nous rendre visite, nous ne te verrons que quelques instants. Comme nous, le temps nous en avons à revendre, nous avons donc décidé de partir à Albi, dans la maison de feux pépé et mémé Grincechafoin. Ça te rappellera ton enfance et ça nous fera profiter de toi au maximum. Quand tu auras cinq minutes, envoie-nous le jour et l'heure de ton arrivée, nous t'attendrons à l'aéroport de Blagnac. Nous avons vraiment hâte de te voir. Ne te donne pas la peine de me répondre vite. Je suis très très occupée à tout préparer. Nous t'embrassons très fort papa et moi.

Ta maman qui t'aime fort

Voilà. Elle était assez fière de la tournure de sa lettre. Le coup du *« cher homme »,* ça ferait plaisir à Nat.

Bon d'accord ok mes chers lecteurs, Suzanne n'avait toujours rien révélé à sa fille sur le sort subi par son père.

Mais, vous vous imaginiez quoi ? Qu'elle allait dire de but en blanc à sa gosse que son père avait clamsé le jour de Noël ? Que même si elle ne l'avait pas estourbi de ses propres mains volontairement, elle n'avait pas été foutue de lui porter secours ? Ou pire : que c'était de sa faute, à elle, la gamine, parce qu'elle avait raccroché au nez de sa mère qui était en pleine cuisine et que ça l'avait évidemment mise en pétard ?

Non mais ça ne va pas vous ? Ça ne se fait pas ! Suzanne est plus délicate. Heureusement. Et puis zut. Nathanaëlle ne serait pas là demain. Elle avait encore le temps de réfléchir au problème.

Pour le moment, finir de charger ses bagages. Aller dire au revoir à *« Cire Bernard »* et s'assurer qu'il attendrait gentiment son retour. Fermer les volets. Fermer le gaz. Vérifier que tout est éteint. Et hop !

« En voiture Simone, c'est toi qui conduis, c'est moi qui klaxonne », comme eut dit mademoiselle Louis de Pinet de Borde en 1929 lorsqu'elle fut la première femme en possession du permis de conduire.

SOLUTION

Suzanne conduit. La route d'un agréable gris soutenu déroule ses longs kilomètres. Ils sont pourtant bien monocordes et lascivement interminables… Oui ; mais justement, c'est parce qu'ils sont interminables que Suzanne y puise du réconfort. La monotonie… La quiète et molle torpeur qui envahi le corps et l'âme et s'éternise lentement. Le ruban de goudron d'une helvétique neutralité, lui, ne demande aucune réponse immédiate. Aucune agitation de neurones neurasthéniques et survoltés.

- *Ah !* Rêvasse la conductrice hypnotisée par l'asphalte morne et ininterrompue ; *ah comme il serait doux de s'enliser pour l'éternité dans ton goudron amolli par la chaleur moite et tiède comme les lèvres chaudes et tentatrices de la mort salvatrice…*

Suzanne s'ébroue. Elle est consciente qu'il eût fallu un rien de folie encore pour qu'elle fracasse, plus ou moins volontairement, sa vitalité rebelle contre un platane implacable.

- *Ah non Nanard ! C'est pas parce que t'as voulu embrasser ton créateur que je veux te rejoindre ! Putain ! Tu vas pas continuer à jouer les égoïstes même d'en l'au-delà ? Et notre gamine ? Tu y penses à notre bébé ?*

On pourrait se moquer bien sûr, mais cette fois encore il ne faut pas s'y tromper ; Suzanne est en train de rassembler toute son énergie pour avoir la force de retrouver sa fille, alors qu'elle devra lui mentir.

Oui, elle le sait. Elle n'a pas d'autre choix. Bernard et elle ont fait ce qu'ils ont été capables de faire. Mais…

Mais même en son for intérieur Suzanne a besoin de se justifier. Contre vents et marées, ou plutôt contre Bernard et cadavre, elle a besoin de tant et tant de courage pour préserver son image de mère déjà bien assez imparfaite aux yeux de Nathanaëlle. Bien entendu elle en est certaine, jusqu'à ce diable de Noël, son mari et elle ont fait tout ce qu'ils ont pu pour son bonheur.

Son esprit perturbé empruntait de sinueux chemins.

Leur foi de bons parents : fut-ce suffisant pour aider leur enfant à se construire ?

Fut-ce assez pour en faire une femme forte ? Puissante contre le monde d'hommes qu'elle devrait affronter ?

Fut-ce ce qu'il fallait lui apprendre pour combattre les injustices que le machisme ne manquerait pas de lui imposer…

Bon, euh ! Là le machisme… c'est quand même Bernard qui avait cassé sa pipe ! Non ?

Ok ! Mais si le téléphone n'avait pas sonné et si… Oh et puis mince…

Non certes, cette pauvre mère ne connaissait pas les réponses. Mais comme elle n'était pas folle, ce qui ne lui échappait pas, c'est qu'elle devrait trouver les mots pour avouer à Nathanaëlle que son père était mort.

SON PÈRE, SON PAPA, LE PAPOUNET DE SON ENFANCE ÉTAIT DÉFINITIVEMENT PARTI ! OUI, SON PAPA ÉTAIT INEXORABLEMENT KAPUT !

Dieu du ciel ! Suzanne ne parvenait toujours pas à s'habituer.

Rouler !

Rouler et dans l'immédiat ne pas penser.

Elle alluma la radio.

Ah ! Une émission comique. Parfait. Il fallait savoir détourner son esprit. Il fallait savoir détourner sa douleur. *Les grosses têtes* ! Elle se retrouvait bien dans cette expression.

Oh oui !

Depuis la mort de son tendre et tout autant abhorré époux, Suzanne connaissait plus que tout autre, cette sensation atroce *« d'hypercéphalie »* monstrueuse.

Sa tête !

Sa tête pleine à craquer.

Sa tête qui devrait désormais penser pour deux !

Sa tête qui devrait désormais trouver toutes les solutions !

Sa tête qui devrait désormais assumer son rôle coutumier de mère et son rôle usurpé… de père…

Suzanne et épuisée.

Elle ne veut pas risquer un accident. Elle s'engage sur une aire d'autoroute. Elle se gare. Elle s'enveloppe dans son manteau malgré la température clémente. Elle s'endort…

Son sommeil est peuplé.

Son sommeil est peuplé d'hommes aux sexes démesurés qui les encombrent et qui semblent diriger leurs immatures propriétaires. Son sommeil est peuplé de femmes immenses aux fronts démesurés. Elles ne parlent pas. Elles bougent peu. Mais dans cette fantasmagorie, ces femmes mutiques et puissantes mènent toutes les danses. Elles n'ont aucun pouvoir. Pourtant, elles dominent…

Un klaxon rageur la réveille en sursaut. Elle regarde sa montre.

Oups !

Si elle ne veut pas arriver à la fumée des cierges, il est temps de reprendre la route.

Rodez. Enfin. Il lui reste, au jugé, environ une à deux heures de route. Bon, le plus gros est avalé.

- *Avaler !* Ouais, songe-t-elle la boule au ventre ; *avaler, il va bien falloir trouver un stratagème pour faire avaler la mort de Nanard à ma poupette chérie.*

Difficile de ne pas y penser. Et c'est en passant devant l'espèce de construction en cercle de l'hôpital de Rodez, que la lumière jaillit soudain. Appuyant involontairement sur le frein de sa voiture, elle manqua se faire emboutir.

Heureusement, le chauffeur qui la suivait, ou la *« chauffrice »*, allez savoir, joua du frein avec subtilité et tout problème fut évité.

L'hôpital. L'HÔ PI TAL !!! Et voui ! Elle était là ! la solution simplissime !

Bon, j'explique :

Vous comptez aller où vous ? à la veille de vos belles pompes funèbres ?

Eh ben oui ! Comme touty el mundo, ou presque : à l'hôpital.

Et Nanard ? Où que c'est-y qu'il devrait donc aller à la veille de sa *« défuntatitude »* ? Ben oui, comme les autres : à l'hôpital.

Suzanne en est persuadée, elle n'a pas encore tous les infimes détails de son roman, mais toute la trame est là. Elle tient enfin la moelle épinière de la fin de Bernard. Elle va commencer par le début de l'histoire.

- Tu vois mon bichounet chéri, puisque t'as pas eu le temps de passer voir les mignonnes petites infirmières affriolantes, ta p'tite femme va bien t'arranger ça. Tu peux lui faire intégralement confiance. T'auras même pas à te déplacer.

Hop-là. Une bonne idée vaut tous les antidépresseurs de la planète. Le reste de la route ne fut qu'un jeu d'enfant.

ALBI

Arrivée à Albi, elle se dépêcha d'entrer sa guimbarde dans la propriété avant de refermer prestement le portail. Une chance que la municipalité entretienne très bien les trottoirs et chaussées. Elle n'avait quasiment pas peiné à ouvrir les deux grands vantaux à peine rouillés.

- *Comme quoi ;* songea-t-elle in petto ; *la bonne vieille peinture glycérophtalique d'autrefois, ça ! c'était de la qualité. Pas comme la merdouillasse vinyle qu'on nous vend aujourd'hui et qui tient même pas un an.*

Si elle faisait fissa, c'est qu'elle n'avait guère de doute : là comme ailleurs, même si depuis le temps certains avaient changé, un voisin curieux viendrait bien s'informer de cette présence. Oh ! par sollicitude ! évidemment. En plus ça faisait au moins quinze ans que personne n'était venu dans cette maison. Il fallait reconnaître que c'était une excellente raison pour venir s'informer de ce changement.

Elle aurait pu prévenir les proches voisins. Mais pour cela, il aurait fallu les fréquenter suffisamment et avoir leurs coordonnées ou, à la rigueur, leur nom de famille.

Or, quand ils venaient autrefois, monsieur, madame, ainsi que mademoiselle Grincechafoin, étaient tout particulièrement sympathiques…

- Oh, t'as vu la truie d'à côté mon Nanard ? elle s'est habillée avec son parasol ma parole !

- Remarque ma Sussu, au moins elle est assortie à son mec ! Il se serait-y pas taillé un costard dans la nappe de pique-nique ?

Quant à la gosse, à l'époque, elle concurrençait hardiment ses géniteurs :

- M'an ! P'a ! Martine la fille des voisins : elle voudrait que j'aille goûter chez elle pour son anniv'. Elle s'est pas vu la mocheté avec sa tronche de cake et ses guiboles plus tordues que ses dents cariées ?

Vous imaginez bien que je vous dis tout ceci sans vouloir médire le moins du monde. C'est simplement pour vous donner un très bref aperçu du haut niveau de sociabilité de cette gente famille.

Mais Suzanne ne pensait pas à tout cela pour le moment. Là, elle était juste fourbue par le voyage. Pour ce soir encore, elle en avait plein les pattes. Malgré tout il fallait quand même décharger la voiture d'un minimum de bagages ; au moins ce qui lui était utile pour passer la première nuit. Demain serait un autre jour. Elle trouverait surement la niaque d'aller grimacer un pâle sourire, mais pas trop engageant, à la maison la plus proche afin de gagner sa tranquillité.

Parfois, un petit effort épargne bien des problèmes, tout est question de dosage.

Bon, pas de bonne surprise côté température intérieure. La maison puait le moisi, et l'humidité rendait l'atmosphère encore plus froide qu'elle ne devait être en réalité. Il était presque dix-neuf heures.

Ce n'était plus temps d'aérer. Tant pis, elle avait la chance de ne souffrir d'aucune allergie. Elle commença par aller préparer son lit.

- *Pouh ! Saleté de rongeurs de merde !* Expulsa la charmante en voyant les dégâts.

Non seulement le lit suintait l'humidité, mais en plus, d'adorables locataires avaient creusé un nid douillet *(douillet pour eux !)* qui traversait, et la couverture, et les draps, et même, cerise sur le gâteau, une bonne partie de l'épaisseur du matelas.

Même si Suzanne n'était pas du genre difficile, l'idée que les petits squatters risquaient de la rejoindre dans la nuit pour se réchauffer à ses côtés ne la réjouissait guère.

Elle tenta sa chance dans la chambre de sa fille.

Elle souleva précautionneusement la grosse couette de plumes d'oies, prête à la rabattre au plus vite en cas d'intrusion indésirable. Mais non, les bébêtes devaient préférer un grand appartement de deux mètres sur cent-quarante. Bon, elle allait dormir là cette nuit.

Demain, elle achèterait un matelas mousse pour pouvoir regagner son ancienne chambre et libérer celle-ci pour Nat. Il fallait à tout prix sauvegarder les apparences de couple et donc, il fallait retrouver la chambre parentale avant l'arrivée de sa fille. Elle avait eu raison de venir à quelque chose près, une quinzaine avant elle. Visiblement, il y aurait de quoi s'occuper. Ensuite, elle se rendit dans la cuisine. Ma foi, là, à part une collection de toiles d'araignées de toutes sortes et une couche de poussière de l'épaisseur d'un bon gros dictionnaire, la pièce était potable. Suzanne avait bien des défauts, mais elle ne laissait jamais la moindre trace de nourriture quand ils rentraient de vacances. Les rongeurs avaient donc privilégié le confort de la piaule puisqu'il n'y avait rien à becter au réfectoire.

Elle tourna le bouton du gaz avec espoir, puisque là non plus son homme n'avait pas arrêté l'abonnement. D'abord rien. Et puis, au bout de quelques secondes : fchuuu ! Une allumette non humide qui sortait de ses bagages ; et voilà.

Elle put réchauffer son reste de pique-nique. En dessert, elle s'offrit une tisane. Elle avait prévu un choix d'herbes bienfaisantes pour l'aider à trouver le sommeil. Alors, elle gagna le lit une place et s'endormit l'âme en paix. Elle était de plus en plus sûre d'elle. Demain ou après-demain, elle se plongerait sur l'histoire du passage obligatoire à l'hosto de son homme…

Suzanne dormit douze heures d'affilée ! Elle s'éveilla relativement détendue. Tout compte fait, s'éveiller dans ce lieu de villégiature, malgré les circonstances, avait un pouvoir rajeunissant. Elle en fut très surprise et automatiquement, feu Bernard paya sa note de façon étonnante :

- *Mais nom de Dieu Nanard ! Tu la connais pas la honte. M'avoir privée de vacances durant des années ! Ben mon p'tit père, moi qu'aurais pratiquement des scrupules de pas t'avoir empêché de clamser. Ben mon salaud ! J'suis vraiment la reine des courges. Faut-y que j't'ai aimé pour protéger ta mémoire auprès de notre gamine !*

Ah ! Que voulez-vous, Suzanne, c'est Suzanne. La mauvaise foi, c'est comme le chocolat : quand on a pris l'habitude, on devient vite accro.

Passé ce mouvement d'humeur qui ne risquait pas de gâcher sa journée, elle partit en cuisine.

Avant d'ouvrir les volets, elle se fît un café qu'elle accompagna des petits fours qu'elle avait apportés. Sirotant son petit-déjeuner, elle se mit à griffonner sur un calepin :

A) En tout premier lieu, dès le petit-déj avalé, enfiler une tenue correcte et filer chez les emmerdeurs de la maison voisine afin d'anticiper les questions de curiosité.

B) Faire un minimum de ménage.

Puis, comme elle avait bu son café, elle mit en pratique la rubrique **A**. Éviter les curieux au plus vite et à tout prix.

Habillée à la va-comme-j'te-pousse, mais somme toute assez convenablement, elle sortit. Elle avait eu raison de ne pas traîner et bien lui en avait pris de se dépêcher. Elle n'eut pas à aller loin, ni même à aller tirer les sonnettes.

Surprise ! Les braves gens venaient à elle. Il y avait trois jeunes qu'elle ne connaissait ni d'Ève ni d'Adam, et qu'elle n'avait certes aucune envie de connaître, ainsi qu'un vieux croûton.

- Nom de Dieu ! le père Fokjencose ! Le Pollack avec qui Nanard s'entendait plutôt bien. C'est pourtant pas lui qu'habite le plus près. Eh ben dis-donc ! Il aurait bien besoin d'un ravalement de façade l'antique maçon du coin.

Comme beaucoup, Suzanne voyait mieux la paille dans l'œil de son prochain plutôt que la poutre qui modifiait forcément sa vue.

Fokjencose, même s'il pensa la même chose de sa voisine, ouvrit ses bras en grands en découvrant qui était là :

- Putaing ! Macarel ! Mais si c'est pas la Suzanne j'en mandge mon capéou ! Beudieu ! T'as pas chandgé la Suzon. Toujours aussi belle !

La dame ne sut retenir un léger far. Il faut dire que tous les deux, quand ils étaient plus jeunes…

Mais ne nous égarons pas. Suzanne avait les pieds sur terre et ce n'était pas le moment de verser dans l'émotion. Désireuse de mettre les choses au clair, et surtout, de remettre le Yvan dans le droit chemin qui ne mènerait pas à sa fermette, elle lança :

- *Salut Yvan. C'est une chance de te trouver là. Bernard me charge de te transmettre ses amitiés. Mais comme il a une espèce de sale toux depuis plus d'un mois qui le fout patraque comme pas deux et que visiblement c'est très contagieux, il passera te saluer quand il ira mieux.*

Pas con le truc de la contagion. Y a rarement un brave qui te répond : *« Oh moi, la contagion, je m'en moque totalement ».* Non généralement c'est plutôt…

Comme ce que répondit le Yvan à trois mètres de la *belle* qu'il n'avait plus du tout envie de bisouter :

- *Oh je comprends ma chère. Eh bieng embrasse ton homme pour moi. Je passerai plus tard. Allez, bong séjour.*

Puis rapidement, il rebroussa chemin sans même avoir eu la courtoisie de présenter les jeunots qui, eux, devaient être les proches voisins.

Toute guillerette, Suzanne rentra chez elle en fredonnant *La Brinvilliers* de Marie Paule Belle. Elle prit son calepin et biffa la rubrique **A** en s'exclamant joyeusement :

- Et de une ! Rubrique suivante, soit la ***B****.*

Il était temps de faire le tour du propriétaire et de remettre la maison en état. Maintenant, les curieux se tiendraient à distance du fait de la contagion.

Elle faisait confiance à Yvan Fokjencose pour répandre la nouvelle, elle pouvait aérer en grand toutes les pièces. Elle commença par la chambre de la demoiselle, puis elle fit le tour de tous les volets et de toutes les fenêtres de la grande bâtisse. Partout aussi, elle passa l'aspirateur qui avait la bonté de continuer à fonctionner, malgré un tuyau un peu rigidifié par l'inactivité. Elle briqua la cuisine qui était des plus tendance par son aspect désuet. Elle lava les carreaux, lessiva les rideaux encore utilisables, puis elle dressa une longue liste des choses à racheter ou à réparer.

Globalement la demeure ne semblait pas avoir trop souffert de leur absence. Des bricoles bien sûr, mais rien qui empêcherait de passer de bons moments avec sa princesse.

Euh oui à part… Mais là, après une telle journée, elle était comme les rideaux : bien assez lessivée pour ne plus penser à rien. Alors, encore une fois : Dodo !

En pleine nuit le timbre triomphant de son téléphone portable sonna la charge.

- C'est quoi ce bordel ? s'interrogea-t-elle en baillant à s'en décrocher la mâchoire.

À New-York c'était juste la fin de matinée. Aux borborygmes qui sortaient du récepteur, Nat comprit rapidement qu'elle devait appeler à la mauvaise heure. Elle s'en excusa, mais comme elle avait beaucoup à faire et qu'elle en avait envie, elle prit quand même le temps de papoter. Au bout de quelques instants, elle demanda à sa maman si son père n'avait pas fini par se réveiller et si du coup, elle ne pourrait pas lui parler un instant.

Suzanne hésita…

Refuser ne semblait pas une bonne idée.

Qu'à cela ne tienne, elle contenta sa fille en se faisant passer pour Bernard afin de continuer à lui donner *« corps »*.

Entre la voix déformée par les bâillements qu'elle s'appliqua à reproduire toutes les trois secondes et quinze années d'éloignement…

Enfin Nathanaëlle souhaita bonne nuit à ses parents. Le sommeil pouvait reprendre son cours… Entre deux eaux elle rêvassa :

- *C'est pas tout, mais maintenant qu'il est mort pour de vrai, il faudra bien le faire mourir pour de faux ; comme disent les gamins.*

EMPLETTES

La nuit avait été nettement raccourcie et, la veille, elle avait beaucoup travaillé, mais elle n'avait pas mangé grand-chose. Elle voulait à tout prix faire le plus urgent du ménage et de la remise en état. C'est pour ça qu'elle n'avait pas eu le temps d'aller faire des courses. Dans un sens, on peut comprendre. Le coup des souris le premier soir ne lui avait pas donné envie de passer une deuxième nuit dans les relents d'humidité, la poussière volatile et la hantise de rencontrer des rampants en tout genre, qu'ils fussent poilus, gluants ou à carapaces noires.

Mais aujourd'hui, le plus gros étant fait, et devant tout de même ménager ses forces, elle décida qu'il était indispensable de s'octroyer un peu de répit. Relativement tôt, elle sortit la voiture et elle partit en campagne chercher une petite auberge où se reposer, en se mettant tout bonnement les pieds sous la table. Si possible, un endroit où elle serait quasiment certaine de ne pas rencontrer la moindre connaissance. Elle se souvenait d'une sympathique petite auberge dans un patelin nommé Saint-Paul-Cap-De-Joux. Alors, elle tenta sa chance.

Bingo ! C'était toujours ouvert.

- Ouah ! L'aubergiste, c'est bien le même. Mais bon Dieu, il a drôlement pris du bide, lui qui était plutôt beau gosse. Il a aussi pris de la bouteille !

Suzon faisait-elle un vilain jeu de mots ? Allez savoir avec son tempérament brut de décoffrage. En tout cas, encore une fois elle oubliait que les ans avaient aussi fait des ravages sur sa belle jeunesse.

Elle s'installa.

Seigneur ! Depuis combien de temps n'avait-elle pas eu ce simple plaisir ? Manger sans avoir eu à se demander : *« bon, qu'est-ce que je vais cuisiner aujourd'hui ? »*. Manger et avoir la surprise d'un menu abondant et alléchant. Manger sans penser à toute la vaisselle à laver, à ranger…

Ah ! Satisfaction divine ! Suzanne passa une journée de rêve. Elle eut tout loisir de râler à tort et à travers après son défunt mari qui, n'en doutez point, avait été cause de mille et une frustration. Au moins dorénavant, si les dents ne faisaient plus souffrir Bernard, il en était de même des aigres censures de sa dame de cœur.

Puis l'après-midi pointant son nez, et l'aubergiste pointant la note ; subtile, notre bergère estima qu'il était temps d'aller faire quelques emplettes pour la semaine. Elle avait fait une liste non exhaustive de maintes choses à acheter pour ravauder, faire briller ou tout simplement remplacer, comme par exemple le matelas pourri.

- *Foutu souris à la gomme !* rouspéta cette dernière. *Un matelas à changer ! J'espère arriver à le mettre dans ma bagnole, parce que c'est pas un dix tonnes ma voiture. J'ai déjà eu un mal de chien à descendre le vieux au sous-sol tellement il était lourd et mou. Le moins qu'on puisse dire c'est que c'est pas fastoche à transbahuter ces trucs-là.*

Par chance, une grande enseigne spécialisée dans rien, puisqu'elle vendait de tout ! avait justement un lot de matelas en promo et surtout en rouleau sous vide très facile à transporter. Bon, Suzanne ne se faisait guère d'illusions sur la qualité. Mais *l'illusion*, c'était justement ça qu'elle voulait créer. La chambre parentale devait être semblable au passé enfantin de Nathanaëlle. Ce qu'il y avait sous la couette, on s'en foutait royalement. Suzanne n'était pas du genre fragile et le confort d'un bon lit lui passait largement au-dessus de la tête.

Elle courut les grands magasins, les petits commerces…

Les vingt heures sonnaient au clocher de la cathédrale Sainte Cécile quand la dame des lieux refermait son portail.

Elle avait pris son temps, elle ne voulait surtout pas qu'un brave voisin, la voyant peiner à sortir tout son lourd barda, vînt courtoisement l'emmerder de sa sollicitude. Elle avait son avis sur la gentillesse des uns et des autres :

- Comme disait ma mémé : « que chacun s'occupe donc de ses fesses au lieu de s'occuper des oignons du voisin. » Non mais des fois.

D'accord elle peinerait davantage, mais ça, comme le reste, ça ne regardait qu'elle.

Quand elle eut refait son lit tout neuf, à part le couvre-lit qu'elle avait mis de côté pour le laver ; quand elle eut rangé les aliments, les ampoules, les produits d'entretien, les lessives parfumées, les savons, désinfectants *(bon, elle avait un grand besoin d'hygiène, pas très étonnant)*, donc quand elle eut terminé ce labeur, elle se dit que pour une journée de repos, elle avait bossé comme une esclave. Et ça voyez-vous, c'était encore de la faute à… Mais si, vous le savez bien. Oui, c'était encore un des nombreux méfaits de sieur Bernard l'énervant. Pour chasser l'agacement qui la gagnait doucement, Suzanne sortit le meilleur des remparts à la mauvaise humeur : une excellente bouteille qui avait sûrement bien vieilli à la cave et un superbe grand verre à vin en cristal. Ah ! Ces beaux verres : un cadeau qu'elle lui avait offert durant le dernier séjour ici. Ouille !

- Putain d'putain d'putain ! Quand je pense aux affreuses boucles d'oreilles violacées en forme d'entonnoirs que t'as eu le culot de m'offrir quand moi j'avais eu la délicatesse de t'offrir ces véritables petits bijoux soufflés par un maître verrier de renom !

Je crois qu'elle avait dû oublier une espèce de vilaines paires de chaussettes rouges à rayures vertes fluorescentes, que Bernard n'avait jamais eu le déplaisir de découvrir pour le Noël dont il n'avait jamais eu loisir de profiter…

Mais on s'en moque : la mauvaise foi et Suzanne se préparèrent un plateau de douceurs. La bonne bouteille, le joli verre ; ajouter à cela un bon livre, et direction le lit maintenant agréablement parfumé de frais…

GRAND C)

Un rai de soleil matinal vint lui caresser la joue…

Suzanne se leva de belle humeur, une agréable petite faim au creux de l'estomac. Entrant dans la cuisine, elle apprécia la propreté du lieu. Après avoir allumé la cafetière électrique et beurré deux longues tartines de pain croustillant, qu'elle nappa de confiture de framboise d'un joli rose foncé, elle ouvrit son calepin en sifflotant.

- *Bon ! Où que c'est-y que j'en étais ?*

Puis, après avoir terminé son petit-déjeuner, elle se mit à mâchouiller son crayon. Les idées peinaient à venir. Elle répétait sans cesse :

- *Grand **C)** ... grand **C)***

Mais grand **C)** ne passait pas la frontière du **B**. Quoi faire ? Suzanne relut ses notes espérant déclencher un réflexe salutaire :

- *Alors, j'ai écrit : grand **A)** En tout premier lieu, dès le petit-déj avalé, enfiler une tenue correcte et filer chez les emmerdeurs de la maison voisine afin d'anticiper les questions de curiosité. Ensuite j'ai ajouté : grand **B)** Faire un minimum de ménage. Bon tout ça, c'est fait. Alors, grand **C)**, tu vas te décider oui ou merde ?*

Mais bon ; visiblement, grand **C**) optait plus pour merde que pour oui.

Fataliste, Suzanne se dit qu'il lui fallait peut-être un peu se divertir. Elle alla à la salle à manger s'assurer que le totem familial fonctionnait encore. Elle alluma alors la télévision. À peine deux trois grésillement, puis une série de grande qualité intellectuelle se déroula devant les yeux hypnotisés de la Sussu. Dans l'histoire d'une haute intensité, un homme en bisbille avec une quelconque mafia se retrouvait aux urgences d'un hôpital. Il avait été défiguré à l'acide…

Suzanne courut chercher son carnet :

- Mais oui ! Ça y est, je me souviens de ce que je voulais mettre en ***C*** *: l'hôpital ! Il faut que Bernard soit à l'hosto quand Nat arrivera à Toulouse. Pas des plus fastoches maintenant qu'il roupille dans la cire pour l'éternité. Donc il faut que je me débrouille pour éloigner ma bibiche de la chambre d'hosto qui, évidemment ne sera qu'imaginaire... Ouais. Mais elle voudra aller le voir c'est plus que sûr.*

Elle ne se voyait vraiment pas refuser à sa fille la visite à son père hospitalisé.

- Je ne trouve rien, je ne pourrai pas la retenir. Comment faire ? Lui dire qu'il n'est pas en état ? Hum, ça risque d'être pire. Elle ne voudra pas repartir sans l'avoir vu.

Elle repensa au film :

- L'acide ? L'acide c'est bien. Mais comment Nanard se serait-il brûlé à l'acide ? Oh mais ! Brûlé ! Ben oui, juste brûlé ! Brûlé dans un accident de voiture.

Il est vrai qu'en quinze ans, le couple avait changé au moins deux fois de véhicule.

Nathanaëlle ne pourrait donc pas savoir si la voiture au garage avait été à son père. En plus, il y avait fort à parier qu'en apprenant que son père était au plus mal, elle ne s'occuperait pas de sa voiture.

Le grand **C)** s'annonçait être la bonne solution. Naturellement, ça n'avait rien d'amusant de préparer une telle arrivée à sa fille. Mais lui dire de but en blanc que son père avait cassé sa pipe, c'était pas mieux.

Bon, elle avait du pain sur la planche.

Dès cet après-midi, Suzanne allait se mettre en chasse d'un service de grands brûlés. Y en avait-il un à Albi ? Il fallait se renseigner. Dans un premier temps, elle alla choisir dans sa garde-robe une tenue correcte pour se balader le plus anonymement possible dans un hosto. Elle n'avait pas grand-chose qui convenait.

Il fallait quelque chose de soigné mais sans plus...

Quelque chose de peu attirant afin de ne pas être repérable et aussi pour éviter le fatal : *« Je peux vous aider ? »*. Une robe austère quoi.

Elle monta au grenier fouiller dans de vieux meubles. Le nez dans une armoire, elle exulta :

- Oh oh super ! Elle est encore très correcte cette robe vraiment moche à la mémé Grincechafoin. Elle pue un peu le renfermé mais elle est intacte. Impec, elle avait presque ma taille. Je vais la secouer et la laisser une heure à l'air libre, puis je vais la rouler un moment avec une bonne dose de naphtaline. Personne ne peut blairer l'odeur de la naphtaline. Ça devrait éloigner les bonnes volontés.

Sitôt pensé, sitôt exécuté.

Ensuite Suzanne prit une bonne douche. Elle cira une vieille paire de chaussures montantes ayant, elles aussi, appartenu à feu sa belle-mère. Elle s'appliqua à se coiffer avec une espèce de non-soin. Enfin, avant de mettre sa robe *« réfractaire »*, elle enfila des collants opaques.

Après avoir cherché l'adresse de l'hôpital d'Albi, elle se fit un repas léger. Pour manger, elle fut obligée d'enlever la robe un moment. Pas de doute, la naphtaline, c'est un répulsif haut de gamme.

HÔPITAL

Arrivée à l'hosto, elle se gara non loin de la zone d'accueil. Toujours inquiète de ne pas se faire remarquer elle s'était arrêtée acheter un modeste bouquet de fleurs, ni trop impressionnant, ni trop petit, ainsi que quelques menus cadeaux.

Passer pour une banale visiteuse lui permettrait de déambuler sans souci afin de trouver le service des grands brûlés en ne demandant rien à personne.

Seulement voilà ! Elle eut beau lire attentivement tout l'agréable panel de directions offert à tous les abonnés de la sécu, pas de trace d'un pavillon *Grands brûlés* !

- *Merde !* Bougonna la dame. *J'en suis quitte à me farcir tous les services. Il va falloir la jouer fine pour zyeuter dans les chambres sans se faire alpaguer.*

Mais pas le choix. Sussu passa la moitié de son après-midi à :

- *Oh veuillez accepter mes excuses, je me suis trompée de chambre.*

Puis elle filait vite pour éviter le fameux *« je peux peut-être vous renseigner ? ».*

Elle commençait à en avoir sa claque de cette boîte à malades en tous genres sauf en carbonisés.

Elle décida de rentrer. Il lui fallait être plus maligne. Ce soir, elle regarderait sur l'ordi pour trouver le bon service.

Non seulement elle était furieuse d'avoir perdu son temps, mais en plus elle avait les pieds en compote.

- *Y a pas à tortiller du cul quand la route est droite. Toutes les belles-deuches sont les mêmes. Qu'est-ce qu'elle ne ferait pas pour vous faire chier ! Elle aurait pas pu faire une pointure de plus la mère Grincechafoin ? Une vraie torture ces godillots de merde.*

Une fois à la maison, elle balança les godasses qui se régalaient à endolorir ses pauvres doigts de pieds, puis elle consulta l'annuaire électronique. Cette fois, il lui fallut peu pour tomber sur la bonne recherche :

- *Et ben voilà. Service hospitalier de grands brûlés : unité Félix Lagrot au CHU de Toulouse. Boh ! Toulouse ce sera pas plus mal. Albi Toulouse, faut quand même une bonne heure. Excuse parfaite pour n'y aller qu'une seule fois avec Nath. Pour mettre mon plan au point, ça va me faire pas mal de trajets, mais c'est pas grave.*

Le lendemain, elle enfila de nouveau sa tenue de Mater Dolorosa, puis elle prit la route de Toulouse. Cette fois, elle avait mieux préparé son travail.

Grand **C)** avait désormais des compagnons : grand **D)**, grand **E)**, et même grand **F)**.

Ainsi donc, grand **C)** touchait à sa fin puisqu'il s'agissait de trouver le bon pavillon et qu'elle se trouvait garée justement devant.

UNITÉ FÉLIX LAGROT

SERVICE DES GRANDS BRÛLÉS

Youp là ! Il était temps de passer à grand **D)**.

Et maintenant…

Chercher la cible, ou plus précisément chercher *« l'Argument »* et trouver son tout nouvel époux parmi les momies vivantes, ou autrement dit, parmi la débandade de rois des bandelettes.

La voici désormais partie en éclaireuse se mettre en quête d'un grabataire enturbanné. Son nouveau compagnon devait être choisi avec soin. Car, non seulement l'homme devait être méconnaissable, de préférence inconscient et donc muet, mais encore l'élu devait-il ne pas recevoir de visite autre que la sienne.

Suzanne déambule dans les couloirs… Par chance pour elle, dans les hôpitaux, tout le monde a bien assez à faire pour ne pas prêter attention à une femme *« informe »* et peu engageante. Le personnel est toujours au taquet et il n'est pas assez bête pour chercher un surcroît de travail auprès de quelqu'un qui ne demande rien. Les visiteurs eux, sont souvent dans la douleur ou l'angoisse ; aller tailler un brin de causette à une femme austère au visage plutôt rébarbatif, non merci.

La recherche est délicate. Les en-momifiés ne manquent nullement, mais la plupart ont de la compagnie. Non seulement les soignants se relaient, mais en général, ces pauvres gens ont de la famille ou des amis qui les veillent. Suzanne va et vient le long des couloirs. Afin de se donner contenance, elle avale un nombre de cafés qui finissent par lui porter sur les nerfs. Demain elle optera pour des chocolats ou des potages.

Elle prend des notes :

…14 heures, monsieur X a la visite de son épouse. 14h45 monsieur Bidule a une piqure. 15h30, monsieur Machin est enfin seul, mais, 15h38, les enfants de monsieur Machin arrivent. 16h, monsieur Truc a déjà reçu 3 visites. Etc.

Un peu avant 19 heures, notre Suzon lève le camp. Son précieux calepin en poche, prudente, elle ne prend pas le risque de se faire mettre dehors.

Plusieurs jours durant, elle se balade dans le service. Bienfaitrice occasionnelle, elle dépose une fois un bouquet, le lendemain une eau de Cologne ou un autre petit présent dans une chambre ou une autre, afin de donner le change et d'avoir un prétexte pour arpenter le service. Il lui faut impérativement recueillir le maximum de renseignements. Son choix en dépend.

Les infirmiers et soignants sont nombreux. Ce ne sont pas tous les jours les mêmes. Ils sont habitués au ballet incessant des familles et amis.

Ils s'habituent ainsi à voir la trombine grise de Suzanne ; mais comme elle ne semble pas avoir envie de parler, personne ne perd son temps en venant la déranger. Sincèrement, qui pourrait croire qu'elle n'est pas là pour visiter un familier ?

C'est au bout de trois jours qu'elle dénicha enfin un patient qui présentait tous les symptômes nécessaires au projet. D'abord, l'homme est enrubanné des pieds à la tête. Le malheureux dans le coma n'a eu qu'une visite en trois jours entre midi et midi trente ! Comme elle l'avait déjà repéré, elle avait laissé son oreille traîner à côté de la porte de la chambre durant la courte visite.

Bien lui en avait pris. La visiteuse n'était autre que son ex-femme. Avec une compassion assez peu crédible, la belle dame maquillée comme une devanture de mode, expliqua au pauvre type qu'elle était navrée qu'il ait tenté de mettre fin à ses jours mais qu'il fallait qu'il comprenne qu'elle devait vivre sa vie et que, puisqu'il n'avait pas voulu d'enfant, elle partait définitivement avec son amant fonder une famille quelque part loin de lui.

Impeccable, difficile de trouver mieux.

Par acquit de conscience, et pour s'assurer que le bonhomme n'aurait pas la visite d'un ami quelconque de manière impromptue, elle vint deux autres fois. Là, la stratégie fut différente. Ces jours-là, chargée d'énormes bouquets aux vives couleurs, elle arriva toute pimpante et parfumée.

Elle engagea la conversation avec le personnel se faisant passer pour une proche parente revenue de voyage depuis peu de temps. Elle demanda des nouvelles et surtout elle fit le maximum pour obtenir le plus de renseignements possibles sur d'éventuels visiteurs.

Pas de surprise, personne ne faisait de relation entre cette femme élégante et la vieille ronchon voûtée avec son chapeau noir informe.

Et donc, pas de nuage à l'horizon. Personne n'avait jamais vu quelqu'un d'autre que son ex-épouse.

Grand D) était quasiment obsolète.

Enfin, ayant assez bien fait copain-copain avec les soignants, elle continua de venir visiter son malade. Elle s'assura de pouvoir être seule avec lui au prétexte qu'elle souhaitait essayer de créer une intimité afin d'aider son *« ami »* à sortir de sa torpeur. Qui aurait refusé de la laisser seule ? Le plan était parfait de raffinement. Même si Nathanaëlle faisait des caprices pour venir plusieurs fois, comment aurait-elle la possibilité de savoir que ce type n'était pas Bernard, puisqu'elles seraient seules dans la chambre et que l'homme muet n'était pas visible grâce à son emmaillotage ?

Le seul risque était qu'il sorte du coma. C'est pour cela que notre bienfaitrice passait le temps de ses visites à saper le moral du type, mais avec mesure pour qu'il ne claque pas tout de suite :

- Mais non mon pauvre monsieur, elle ne reviendra pas votre femme, c'est foutu. Vous êtes complètement seul au monde, pas la peine de vous réveiller hein ? Enfin, on sait jamais, tant qu'y a de la vie, y a un tout p'tit chouia d'espoir comme on dit, c'est bien possible. Mais sincèrement, pour vous, il est mince comme une feuille de papier à cigarette votre pauvre espoir. Voyons les choses en face, c'est plutôt du désespoir, alors à quoi bon ?

Vous voyez le topo…

Le lendemain, Suzanne reçut des nouvelles de la prunelle de ses yeux. Son cher ange arriverait dans trois jours. Très bien, elle pensait être dans les temps. Trois jours de plus à rendre visite à l'inconnu de la chambre treize ; puis phase **E)**, faire avaler l'étonnante paternité à sa filiation.

Suzanne pensa :

- *Pauvre type ! Quand on a la scoumoune on a la scoumoune. Non seulement il a raté son suicide, sa bonne-femme reviendra pas, il est brûlé au troisième degré et sûrement Quasimodo pour le restant de sa vie, mais en plus on lui refile la chambre treize ! Moi, à sa place j'aimerais autant y rester dans mon coma ouatiné. Tout compte fait, en quelque sorte je suis un don du ciel pour lui. Au moins avec moi il a des visites.*

Comme aurait dit mon père, Suzanne avait sans aucun doute la conscience élastique. Pour peu on lui aurait volontiers donné le bon Dieu sans confession. Après tout, la foi peut, paraît-il, déplacer des montagnes.

Les trois jours suivants, c'est donc l'âme exaltée d'un bonheur dû à ses bonnes actions, que *sœur* Suzon se rendait à son pèlerinage quotidien…

Quatrième jour !

Ça y est. Cette fois, c'est la bonne. C'est enfin le grand moment ! Moment si attendu. Moment si redouté.

La digne mère a revêtu une robe joliment fleurie, mais simple. Elle est fin prête pour partir à l'aéroport de Blagnac où sa fille aimée va atterrir dans moins de deux heures.

Suzanne met à profit le trajet d'Albi à Blagnac pour répéter en boucle la scène de réception de Nathanaëlle, seule, sans Bernard. Pas facile, mais ce n'est certes pas le moment de flancher.

Blagnac.

Parking 1.

Elle se gare.

Elle descend et ferme son véhicule.

Et là, d'un coup, boule au ventre !

Suzanne farfouille fiévreusement dans son réticule. Elle en sort un sac plastique. Elle inspire dans cette poche qu'elle a eu l'intelligence de prévoir à cet effet. C'est un truc qu'on lui a appris à une époque révolue où elle s'occupait de personnes âgées.

Inspirer. Souffler. Inspirer. Souffler. Encore une longue inspiration. Encore un souffle maîtrisé. Voilà, ça va déjà mieux.

Elle entre dans l'aérogare. Elle cherche sur l'écran la porte d'arrivée du vol de sa fille.

-- Voie cinq. Trois minutes de retard --

Ça ne contrarie pas Suzanne. Elle se demande même si elle ne va pas partir avant que Nathanaëlle ne débarque.

- *Quinze ans ! Répète-toi ça nom de Dieu ! Quinze ans que je ne l'ai pas vue. Quinze ans que je ne l'ai pas serrée dans mes bras. Ah non alors Bernard ! Espèce de saloperie d'égoïste. Tu vas pas encore venir me pourrir la vie !*

Et hop ! Merci Bernard. La colère ayant refait surface, notre Wonder woman était aussitôt de retour dans sa peau de maîtresse femme. Elle se redresse, et du haut de ses un mètre soixante-cinq, elle l'aperçoit. C'est sa chair. Elle a beau avoir changé, elle la reconnaîtrait entre mille. Son cœur fait un bond et elle oublie sa peur. Pour l'instant, elle oublie même Bernard.

- *Nathanaëlle !*

Le nom tant adoré a jailli avec la fulgurance de la fusée Ariane attaquant le firmament.

Nathanaëlle, elle, a un peu plus de mal à trouver sa mère. Elle regarde un moment cette femme grisonnante qui l'interpelle sans oser bouger. Elle balbutie :

- *Ma... euh maman ?*

Il lui faut quelques secondes pour accepter la nouvelle. Cette femme vieillissante est bel et bien sa mère. Nathanaëlle soudain découvre l'ampleur du temps qui passe !

Jusqu'à cet instant, elle n'avait pas compris ; elle n'avait pas réalisé qu'elle ne reverrait jamais les parents qu'elle avait quittés si brutalement. Et comme chacun en de telles circonstances, elle prit elle-même ce fameux sacré coup de vieux en plein cœur. Quand elle se jeta au cou de Suzanne ses paupières étaient ourlées d'une fine dentelle de rosée. Les deux femmes blotties l'une contre l'autre ne voyaient plus le décor ni les gens qui se retournaient souriants devant cette explosion vivante de tendresse. Qui donc aurait pu imaginer que l'une d'elles était une meurtrière ? Nathanaëlle se retira doucement de l'étreinte de sa maman. De sa voix jeune et mélodieuse elle demanda :

- *Papa est allé garer la voiture je suppose ?*

Aïe ! La magie venait de prendre fin à la vitesse de l'éclair défiant sa principale concurrente : la vitesse du son. Bon ben comme aurait dit ma mère : *« quand tu as le derrière du chien à embrasser mieux vaut avancer que reculer »*.

Alors notre Suzanne avança dans son insoupçonnable mensonge. Se recomposant le visage de circonstance, ce qui ne fut pas difficile car elle était vraiment émue, elle murmura :

- *Non ma bichette, malheureusement papa n'a pas pu venir.*

Et comme sa fille ouvrait de grands yeux étonnés et qu'elle allait, selon toute vraisemblance, demander des explications, la mère s'empressa d'ajouter.

- Viens, je te prends cette valise. C'est délicat, je t'expliquerai tout en cours de route.

Sans lui laisser le temps de réagir, elle fila droit devant. Nathanaëlle courait presque pour suivre sa mère qui se faufilait rapidement entre les véhicules garés. Arrivées à leur voiture, elle attrapa sa mère par le bras tandis que celle-ci s'apprêtait à déposer les bagages dans le coffre.

- Maman ! Qu'est-ce qui se passe ? Je vois bien que quelque chose ne va pas et que tu es bouleversée. C'est papa ? Il est où papa ? Dis-moi ce qu'il y a je t'en prie. Dans tes messages j'avais compris que vous seriez là tous les deux. Vous n'êtes pas séparés au moins ?

Suzanne inspira profondément et fondit en sanglots avant de répondre entre deux hoquets :

- Oh non ma chérie. Je n'ai pas quitté ton papa. Il n'est pas là parce qu'il est à l'hôpital.

Évidemment, Nathanaëlle se méprit sur la source des pleurs de sa mère. Rien de plus logique que de les attribuer à l'inquiétude. Et dans un sens, ce n'était pas tout à fait faux puisque Suzanne était bien inquiète. Mais pas inquiète pour Nanard qui n'avait plus mal aux dents depuis un moment désormais ; et pourtant bel et bien inquiète de faire avaler la pilule à sa fifille !

Surprise par cette nouvelle et par l'état de trouble de sa mère, d'une voix blanche Nath balbutia :

- À l'hôpital ? C'est grave ?

Suzon se dit qu'il n'était pas nécessaire d'y aller par quatre chemins. Quand il faut enlever un sparadrap, tout le monde vous dira qu'il faut tirer d'un coup sec. Ça fait moins mal. C'est pourquoi elle répondit de façon laconique :

- Il n'en a certainement plus que pour quelques jours.

Bon là, à mon avis, le sparadrap avait dû être particulièrement douloureux, et de là à dire qu'il ne laisserait pas de trace ? Nathanaëlle ne répondit pas. Elle monta dans la voiture. Ferma la portière. Boucla sa ceinture. Et sans en prendre conscience, elle se mura dans le silence.

Cette réaction surpris Suzanne qui avait préparé toute une batterie de reparties pour répondre aux interrogations de sa progéniture.

Les premiers kilomètres, elle avait éprouvé un certain soulagement. Elle n'avait pas besoin d'en rajouter ni de tricoter mensonge sur mensonge. Mais, quand une fois arrivée à la maison, Nathanaëlle était partie directement dans son ancienne chambre, Suzanne se dit qu'elle y était peut-être allée un peu fort. Sa fille n'était là que pour quatre jours dont deux où elle irait travailler à Toulouse avec des repas d'affaires prévus en soirées. Si elle voulait profiter de sa présence, il fallait vite rectifier le tir.

- *Bon, dans un sens, elle est mieux préparée pour la suite des évènements*. Songea la meurtrière avec son *cire Bernard* dans un coin de sa tête.

C'est alors qu'elle entendit des pleurs de l'autre côté de la cloison. Elle se précipita dans la chambre.

- *Oh non ma princesse. Tu n'as pas fait un tel voyage pour t'effondrer là. Tu me connais, je suis un peu brut de pomme. Si ça se trouve, ton papa va se remettre de tout ça.*

- *De tout ça quoi ?* Hurla celle qui semblait être redevenue une gamine.

Suzanne entoura sa fille de ses bras aimants. Elles passèrent ainsi une longue partie de la soirée.

Suzanne enroba la vie de Bernard qui, à ses dires, avait eu un terrible accident de voiture en venant sur Albi. Oui il était venu seul avec sa voiture car elle, elle avait préféré venir une semaine plus tôt pour préparer le nid.

- *Tu comprends, ton père ne veut pas se l'entendre dire, mais il a bien vieilli. Alors avec tous ses rhumatismes, je voulais qu'il arrive dans une maison chaude.*

Nathanaëlle gémit :

- *C'est à cause de moi. C'est pour venir ici me voir qu'il a eu cet accident.*

Suzanne se mordit les lèvres.

Elle n'avait pas anticipé cette culpabilité. Et si, elle, ne culpabilisait pas le moins du monde, il était hors de question de reporter la faute sur son bébé.

- *Mais où vas-tu chercher une telle idée ma chérie. Bien au contraire ! Tu as apporté un immense souffle de bonheur à ton père. Malheureusement ce qui est arrivé était à prévoir. Ton père ne voulait rien entendre, mais il y a longtemps qu'il aurait dû porter des lunettes. Tu sais combien il est entêté !*

Voilà. Bernard avait revêtu sa casquette de coupable. Suzanne était en forme. Ensuite, elles parlèrent comme mère et fille qui se retrouvent, de tout et de rien… Un sourire s'esquissa sur le visage de Nathanaëlle ; un rire léger roula dans sa gorge… Des éclats de rires émaillèrent le repas préparé la veille avec amour. Sur les minuits sonnants, elles avaient fini par aller l'honorer.

VISITE

Le lendemain Nathanaëlle fut mortifiée de ne pouvoir trouver le moindre instant pour rendre visite à son pauvre père. Son emploi du temps des deux jours à venir ne lui laisserait que des heures non ouvrables dans les services hospitaliers. En guise de consolation, Suzanne promit à sa fille de raconter plein de choses de sa part à son papa.

Pour notre Sussu, ce ne furent ni plus ni moins que deux jours de rêve paradisiaque. Le matin, elle se levait de très bonne heure afin de préparer un délicieux petit-déjeuner qu'elle partageait avec Nat. Le soir, elle préparait une tisane fumante à siroter là aussi avec elle. Que lui importait de peu dormir, elle se rattraperait plus tard. Les après-midi, elle les passait entièrement à l'hosto à raconter, re-raconter et se rengorger des nouvelles de Nat dont le pauvre type devait royalement se foutre comme de l'an quarante.

- *Après tout, si je l'emmerde, il a qu'à se réveiller ce vieux con.* Pensait Suzon avec charité.

En parlant charité, elle se disait qu'il avait bien de la chance de profiter des histoires d'une fille qu'il n'avait jamais eu le courage d'avoir avec sa compagne.

Enfin le samedi arriva.

Nat ne travaillait pas, inutile de se lever très tôt. Mais cette fois, c'est la fille qui réveilla la mère avec une bonne tasse de café sucré. Aux anges, Suzanne accepta la tasse, les pieds bien au chaud sous sa couette, quand sa fille lança le caillou qui allait crisser grave sur l'ardoise du bonheur.

- *Tiens ma petite maman. Il y a des tartines qui chauffent à la cuisine, ne les laisse pas cramer. Moi, je file prendre ma douche pour qu'on soit à l'hôpital le plus vite possible.*

Et voilà ! Le charme était rompu. Je pourrais même dire : le charme était brisé net ! L'heure avait sonné comme un glas givrant. Le derrière du chien se présentait, il fallait l'embrasser ! Pesamment cette fois, notre demi-veuve se leva, enfila la robe de la veille squeezant volontairement la toilette.

- *C'est bon hein. Dans l'état où il est le comateux, il en n'a rien à battre de mon after-shave.*

D'humeur massacrante, passant en cuisine elle avala une tartine grillée sans beurre, autant se gâcher la journée jusqu'au bout. Quand sa fille sortit de la salle de bain, elle fut étonnée mais ravie de voir sa mère fin-prête. Alors, en voiture.

Durant le trajet, Nathanaëlle fît l'essentiel de la conversation. Quand elle demanda pour la énième fois à sa maman si elle pensait que son père se rendrait compte de sa présence et entendrait ce qu'elle lui raconterait, la réponse qu'elle obtint la laissa un peu perplexe :

- *Boooah !*

Elles arrivèrent enfin. À peine furent-elles garées que Nat sauta hors du véhicule.

Voici bientôt trois jours qu'elle attendait de voir son père. Elle avait si peur qu'il parte de ce monde sans qu'elle ait pu lui dire qu'elle l'aimait. De son côté Suzanne faisait durer *« le plaisir »*. Elle rajustait sa veste, s'assurait qu'elle était bien garée, enlevait un caillou de sa chaussure... jusqu'à ce que bouillonnante, sa fille agacée ne lance :

- *Bon ça y est ? Madame est prête ?*

Le ton ne laissait guère de doute. Il était temps de s'exécuter au risque sinon de voir Nathanaëlle monter sur ses grands chevaux, prendre un taxi et direction l'aéroport. Madame Grincechafoin était trop bien placée pour savoir qu'il ne fallait pas jouer avec les nerfs de la demoiselle.

À partir de là, la mère partit comme une bille. À la stupéfaction de sa progéniture, elle parcourut les couloirs à une vitesse vertigineuse. Suzanne aurait souhaité ne parler à personne, elle n'aurait pas fait autrement !

Une fois qu'elles furent enfermées dans la chambre du malade, Suzanne souffla. Selon son plan, aucun soignant ne rentrerait sans frapper puisqu'elle était censée rechercher une intimité avec monsieur.

Malgré sa froideur naturelle, elle fut frappée de plein fouet par le gros chagrin de sa fille. Elle aurait tant aimé lui crier : *« c'est pas ton père »*. Ouais mais pour lui dire ensuite *« ton père il a claqué depuis des lustres »* ! Tu parles d'une consolation. Sans parler du fatal : *« mais il est mort comment ? »* et là *« ben je lui ai juste foutu une torgnole avec le rouleau à pâtisserie que pépé et mémé m'avaient offert quand on s'était mariés »*.

Non, soyons raisonnables. La malheureuse mère savait que son plan était le meilleur malgré la douleur de sa fille et, par ricochet, malgré sa propre douleur. Pas le choix, il fallait en passer par là. Et puis, quelque part, Suzanne était persuadée de bien faire en adoucissant les inévitables chemins escarpés de l'acceptation de la mort d'un proche.

- Tout le monde sait bien qu'annoncer une mort trop brutale peut traumatiser à vie. Ma pauvre petite chérie, il faut bien qu'elle se fasse à l'idée que nous ne sommes pas éternels.

Ben oui ! La conscience élastique, ça n'a pas de limite.

Jusqu'à pratiquement dix-neuf heures, Suzanne ne parvînt pas à arracher sa fille du chevet de son pseudo-père. Elle était si angoissée, qu'à un moment donné elle crut avoir vu un doigt de la momie en train de bouger ! Elle avait retenu son souffle avant de s'apercevoir que c'était sa fille qui avait fait bouger les draps et par conséquent la main inerte.

En fin d'après-midi, quand une personne vint frapper à la chambre, elle sortit en trombe en tirant la porte derrière elle. Elle promit à l'homme de partir rapidement. Puis afin d'être sûre que sa fille ne parle pas au soignant qui devait revenir, Suzanne osa se présenter comme infirmière en retraite.

- Ne vous inquiétez pas, donnez-moi la poche pour réalimenter la perfusion. Je m'en occupe. Je vois bien que vous êtes totalement débordé.

La seule chose qu'elle craignait, c'est que quelqu'un du personnel ne prononce le nom ou le prénom du grabataire devant Nat.

Et à sa demande ma foi, le brave soignant, certainement exténué par une longue journée de labeur, alla docilement chercher la fameuse poche. Comme quoi c'est vrai, plus c'est gros, plus ça passe.

Bon alors après : est-ce qu'elle brancha la poche de perfusion ? Ben non. Elle s'en foutait pas mal du bonhomme. Elle priait Dieu *(!)* de parvenir à empêcher sa fille de venir le lendemain. Le type aurait peut-être passé l'arme à gauche. Au pire, si elle n'y parvenait pas, et si monsieur Truc-bidule avait clamsé, elle n'aurait plus à trouver d'autres mensonges pour enterrer Nanard.

Ah ah ! Je vous vois venir avec vos gros sabots : Suzanne venait depuis plusieurs jours. Si monsieur Machin meurt, elle sera accusée.

Vous devriez prendre leçon auprès de notre criminelle. Mettez-vous à la place de ce pauvre soignant qui a commis une faute impardonnable. Vous l'imaginez vraiment en train de dire : *« j'avais confié la perfusion aux soins de la dame du malade ! ».* En réalité, si monsieur Malchance décédait dans la nuit, le soignant affirmerait mordicus qu'il avait bien fait son boulot. Mais plus vraisemblablement, vu l'état du patient, il n'y aurait aucune interrogation puisque la perf serait simplement vide et que Suzon aurait emporté la poche pleine pour éviter toute question.

Vingt heures. Suzanne et sa fille sont rentrées. Elles préparent le repas. Au début, l'atmosphère est lourde et triste. Suzanne veut ramener le sourire sur les lèvres de sa petite chérie. Tout à coup, elle a une idée. Elle part chercher un vieil album photos… Lentement, l'air s'allège.

Le repas se passe enfin avec un plaisir partagé. Vient l'heure de la tisane, puis l'heure du coucher précédée de l'inévitable question :

- *Maman, demain on va voir papa le matin ou l'après-midi ?*

Vite un nouveau mensonge !

- *Ô Muse des menteurs invétérés venez à mon secours !* pria la *monstresse* avec ferveur.

Et comme souvent et malgré un emploi du temps surbooké, la déesse de la tromperie s'exécuta aux aurores !

Mais pour l'heure Suzon invita sa fille à aller dormir, l'exhortant à laisser passer tout d'abord une bonne nuit de sommeil. C'est au petit matin qu'elle accueilli Nathanaëlle avec ces mots venus des nimbes :

- Ma petite chérie, je viens d'avoir l'hôpital. Ton père a eu une espèce de réaction de grande fatigue après notre passage. Nous ne sommes pas autorisées à aller le voir avant au moins une bonne semaine.

Mieux valait prévoir large et s'assurer que la fille à son papa ne projetterait pas de rester plus longtemps. Une semaine de plus était des plus improbables. Bon, elle n'avait pas prévu la réaction de culpabilité de sa fille qui éclata en sanglots en criant :

- C'est de ma faute. J'ai voulu rester trop longtemps à son chevet. Je l'ai exténué avec mes discours à n'en plus finir. S'il meurt ce sera à cause de moi.

- Et merde ! Elle est chiante à la fin avec ses culpabilités à la noix. Est-ce que je culpabilise moi ? Songea Sussu.

Puis à haute voix elle consola à l'aide de cet agacement qui commençait à la gagner.

- Mais enfin ma colombe ! Est-ce que tu crois que je culpabilise moi ? Est-ce que tu crois que si j'avais soupçonné, ne serait-ce qu'un instant, que nos visites pouvaient lui faire du mal je serais allée

le voir chaque jour avec dévotion ? Réfléchis un peu ma cocotte, si c'était son heure c'était son heure. Et tu ne crois pas qu'il aurait été bien plus horrible de ne pas lui avoir tenu la main et de ne pas l'avoir tendrement embrassé avant de partir ? Si ça se trouve, c'est grâce à ta visite qu'il s'accorde le droit de ne plus souffrir !

Oh oh ! Là elle estima qu'elle avait été sublimissime. À sa façon, elle venait tout simplement d'annoncer la fin très proche de Bernard, et l'âme en paix qui plus est ! Âme de Bernard bien entendu, mais aussi la sienne, soyez sans crainte. Dès lors pour madame : Phase **E)** en approche. On dit souvent que c'est le résultat qui compte. Eh bien Nathanaëlle prit une longue inspiration et après la diatribe de sa mère, enfin elle cessa de sangloter. Elle était apaisée.

En conclusion, le dimanche en famille fut très joyeux. Visites, promenades, repas au restaurant, enfin bref, une véritable oasis de douceur pour les deux femmes.

Lundi matin, Suzanne raccompagna son trésor.

L'aéroport à nouveau, les larmes et les embrassades, les promesses de revenir… l'avion…

Oui, avant le départ, Nathanaëlle bouleversée avait promis de prendre chaque jour des nouvelles de son père. Évidemment aussi, elle avait promis de revenir au plus vite avec sa petite famille pour plusieurs jours.

Et ça, naturellement ça ne faisait pas trop l'affaire de sa mère. Suzanne insista sur les obligations professionnelles qu'il ne fallait pas négliger dans une période où il y avait presque plus de chômeurs que d'emplois.

Elle n'était pas très sûre d'avoir eu gain de cause. Quand Nat décolla enfin, elle se dit :

- *Ouf, ça s'est plutôt bien passé. Pour le reste, inutile de se faire de la bile trop à l'avance. Je la connais ma gosse. Loin des yeux loin du cœur. Une fois dans son New-York, elle aura d'autres chats à fouetter.*

Erreur !

LA DEUXIÈME MORT DE NANARD

Là-bas, très loin, au pays de la réelle démesure, les jours passés en France avaient fait germer les fruits de l'indispensable et précieuse tendresse.

La semaine n'était pas terminée que la newyorkaise se mettait à faire des textos laissant entendre son projet de retour. Cette fois elle voulait venir avec ses deux bambins, afin qu'ils rencontrent au plus vite leurs grands-parents. Elle estimait avoir perdu assez de temps et espérait qu'il était encore possible de tisser des liens solides. Elle se rendait compte à quel point la vie était éphémère et combien la famille et les racines étaient importantes.

Suzanne pensa que, quel que soit l'âge, les enfants parfois c'est chiant et ça pose des vaches de problèmes. Ben oui la vie est éphémère, sûr que Bernard le sait pour toujours lui.

- *C'est bien le moment de vouloir tisser quelque chose ! J't'en foutrais moi. Elle pouvait pas y penser avant la chipie à son papounet avec ses deux mouflets ?*

Autrefois, quand sa fille l'énervait, elle devenait la « *gâtée pourrie à son papounet* ».

Elle se remémora la chansonnette de gosse qui avait trotté dans sa caboche la fameuse nuit où Nat avait appelé : oh que oui !

Il était grand temps de penser à le faire mourir pour de faux cette fois le Nanard qui était mort pour de vrai. Ou tout du moins c'était l'heure de le faire RE-mourir !

Pin-Pon-Pin ! Pin-Pon-Pin ! Vite, ça urge !

Phase **E)** Il faut y aller !

Il faut même l'enterrer dare-dare pour qu'il foute la paix une bonne fois pour toute !

Elle reprit son carnet. Premier problème : annoncer la mort de Bernard à sa descendance. En deuxième : *« l'enterrer »* sans témoin. En trois : quand Nat va demander à se recueillir sur sa tombe ! Quelle tombe ? La pauvre femme se demanda dans quel guêpier elle avait fait tomber son satané rouleau à pâtisserie. Bref, beaucoup de questions pour aucune réponse.

Ce soir-là elle se coucha, des soucis plein la boîte crânienne, pire qu'une boîte à lettres engorgée après un mois de grève des loyaux services de la poste. Son sommeil agité la trimbalait de train en voiture puis en avion avec des cadavres accrochés à ses vêtements. Une espèce de magma de bras en cire pâteuse l'agrippait en râlant des sons rauques semblant exprimer :

- Piiiitié Sussuuu pitiéééé. Vengeance ma Sussu, veeengeance...

C'était abominable. Il n'était pas six heures du matin quand elle s'éveilla brusquement macérant dans sa sueur. Elle essaya de se rendormir et une molle torpeur la gagna à nouveau.

Au matin elle avait froid. Tous ses tracas lui avaient remué les sangs comme aurait dit sa grand-mère. Elle décida de faire une flambée et de prendre son petit-déj. au chaud devant les flammes.

Elle commença par nettoyer l'âtre. Elle mit les cendres dans un seau. Elle irait les répandre au jardin plus tard ça lui ferait prendre l'air. Puis, confortablement installée dans un profond fauteuil, elle se laissa aller à la rêverie, les mains amoureusement collées à son bol fumant. Les yeux dans le vague, elle regardait les flammèches colorées sans même s'en apercevoir. Doucement l'ambiance la revigorait. Cette atmosphère crépitante lui faisait du bien.

- *C'est tellement joli toutes ces couleurs. La nature a vraiment une palette incroyable. Les arcs-en-ciel, les fleurs, les papillons, tiens, même les poissons ont des teintes impensables.*

Son esprit préoccupé vint quand même troubler cette récréation intime :

- *Ouais ! La terre mise à part avec ses noirs ou ses maronnasses tristounets. La terre et les cendres grises comme la pluie.*

Les cendres ?

Les cendres…

Le mot cendre se mit à jouer dans sa tête : cendre ! brûler ! incinérer !

Incinération : pas de tombe.

Pas de tombe : pas de lieu de recueillement !

Elle faillit en faire tomber son café. Sautant sur ses deux pieds elle se mit à se trémousser en une sorte de danse de la Saint Guy en chantant à tue-tête comme une démente :

- *On ira tous au paradis, même moi. Qu'on soit béni ou qu'on soit maudit, on ira. Alors s't'p, n'en fais pas un drame, si, moi, ta gentille petite femme, j't'envoie bouffer les pissenliiiiiiiiiiiits…*

Ô merci monsieur *Polnareff* pour ce brin d'espoir à nul autre pareil.

Sa collation à peine ingurgitée, le moral ayant repris l'ascenseur vers de hautes sphères, elle sauta sur son calepin et griffonna : rendre une dernière visite à la chambre treize afin de s'assurer que le pauvre homme n'aura plus besoin de rien.

La bonté ne se commande pas et c'est une affaire extrêmement personnelle comme vous le comprenez.

EUTHANASIE

Le temps de ranger la cuisine, vider le cendrier de la cheminée, prendre sa douche et choisir la tenue la plus adaptée à la nouvelle étape de son laborieux projet, notre *nettoyeuse* était en route. La pendulette du véhicule marquait tout juste 13 heures ! Auparavant, elle avait consulté ses notes prises lors de ses premières visites au pavillon des grands brûlés afin de décider de l'horaire le plus adéquat à sa mission : le temps d'arriver il serait presque quatorze heures mais pas tout-à-fait, espérait-elle. À cette heure-là, Suzanne s'était aperçue que les couloirs étaient quasiment vides. Pas encore l'heure des visites ; pour les malades sans doute l'heure où on les laissait un peu peinards pour digérer le temps d'une petite sieste salvatrice ; et pour le personnel, un moment à s'accorder pour souffler un peu.

Voyant son cadran s'éclairer au démarrage, la brave femme songea :

- Tout va bien, dans quelques minutes il sera exactement treize heures. Treize heures. Chambre treize. Que voulez-vous monsieur Bidule, quand on a la poisse, on a la poisse. Et puis, de quoi vous plaignez-vous mon ami ? Grâce à moi, vos derniers jours auront été embellis d'une charmante descendance et je vais vous octroyer l'euthanasie

avant même d'avoir eu un gouvernement assez couillu pour l'autoriser. Dans l'affaire, c'est quand même moi qui prends tous les risques.

Fidèle à sa foi en latex aussi étirable qu'un tour de taille de petite culotte XXL, Suzanne aurait volontiers enfilé les habits flamboyants de la marquise Isabelle De Merteuil. Mais raisonnable, elle avait opté pour la tenue aussi laide que modeste de belle-maman Grincechafoin, un style diamétralement opposé. Robe informe et sombre aux effluves prononcées de naphtaline, Chapeau mou noir en genre de lainasse ou de feutrine usée rehaussé pourtant d'une longue épingle mais sans éclat ; collants opaques, sac à main désuet ayant là aussi appartenu à Madame Mère, haleine rafraîchie à l'aïoli bien chargé, absence totale de bijou et de maquillage. En dehors de son dos voûté pour l'occasion, ainsi troussée elle ressemblait à l'effigie d'une antistar digne de l'héroïne d'un livre *d'Hervé Bazin* surnommée *Folcoche* ; bien qu'elle aurait abhorré cette comparaison, elle qui aimait tant son enfant.

Ainsi accoutrée, Sœur Euthanasie avait déjà fait l'expérience : nul ne l'approcherait, nul ne lui parlerait. Elle croyait même, qu'instinctivement, tous se garderaient farouchement de la voir ou même de l'apercevoir.

Et puis après tout : l'eussent-ils tous vue ? Qui auraient-ils pu nommer ? Éventuellement ils pouvaient la décrire ?

Erreur : tout ce qu'ils seraient en état de décrire serait une forme, une couleur, une odeur ; mais vraisemblablement rien de précis. Méditez sérieusement que la grande force de la beauté est d'attirer, tandis que la toute-puissance de la laideur : c'est de repousser.

13 heures 48, elle se gare - 13 heures 51, elle franchit le grand hall d'accueil presque désert. Tout va bien - 13 heures 54, elle gagne le couloir. Personne - 13 heures 56, elle entre dans la chambre treize. Pas de mauvaise surprise - 13 heures 57, elle la referme avec soin en prenant la précaution de déplacer une chaise devant. Non dans le but illusoire d'en empêcher l'ouverture, mais plutôt pour que le bruit de la chaise poussée l'interpelle en cas de besoin - 13 heures 58, elle retire son aiguille à chapeau ! Elle n'attendra pas 14 heures. Le signe du destin de monsieur Coma est fait du chiffre 13.

Donc : 13 heures 59, elle perce des trous dans le tube de la perfusion médicamenteuse et le manipule afin d'y instiller plusieurs belles bulles d'air… 14 heures 5, elle est dans sa voiture et boucle sa ceinture en songeant que décidément, l'air donne des ailes. Pourvu que monsieur 13 prenne bien son envol.

Deux jours plus tard, munie d'un bouquet de fleurs elle passa près de la chambre maudite et se dirigea vers la 15 !

Chambre 15, elle avait remarqué au début de ses repérages une personne sensiblement dans le même état que son ex-élu n'ayant pas de visite. Ce qui avait fait la différence, c'est tout bête. C'était une femme.

Encore une fois elle avait choisi le meilleur créneau pour sa visite. De ses mains élégamment gantées, elle déposa le bouquet justificatif de son passage. L'ayant placé dans l'inutile carafe trônant sur la table de chevet de madame Chambre Quinze, elle repartit tout aussitôt. Elle risqua un œil dans la treize. Personne. Plus de doute. La petite bulle qui monte qui monte avait bien fait son œuvre. Monsieur Treize était définitivement parti vers des cieux plus cléments. Toujours très pieuse, sœur Euthanasie lança une prière muette :

- *J'espère mon bon monsieur que lorsque vous saluerez mon cher époux là-haut, vous aurez l'amabilité de parler de moi et des bons moments que j'ai sus vous offrir sur votre lit de souffrance. Amen.*

De retour à la fermette, elle prit son courage à deux mains et décida de rédiger le fatidique message pour informer sa fille de la terrible nouvelle. Cette fois Bernard aurait enfin droit à l'émotion des siens, ou au moins à la tristesse de sa filiation. Encore un travail ardu pour notre Suzon et un choc pour sa Nathanaëlle. Elle se dit toutefois :

- *Tu vois ma cocotte, grâce à maman, tes bambins seront épargnés et ils n'auront aucun chagrin puisqu'ils n'ont pas eu l'occasion de connaître Nanard. Ça aurait été trop bête de leur infliger ça.*

L'idée n'était pas saugrenue. Cela lui fit penser à utiliser l'argument des deux gosses pour aider sa fille à passer le cap douloureux. L'inspiration venait, il fallait en profiter. Elle monta dans sa chambre en quatrième vitesse et ouvrit son ordinateur où l'affreuse paire de boucles d'oreilles *entonnoirs* continuait à entretenir son agacement. Elle se concentra :

- *Ma tendre bichette*

Voici plusieurs jours que je n'ai pas lu mes mails, j'étais trop effondrée. C'est l'âme terriblement meurtrie que je t'écris ce message. Je te demande infiniment pardon, j'ai été si fortement anéantie qu'aujourd'hui encore je suis incapable de te téléphoner et que je n'ai pas réussi à t'écrire plus tôt. Comment te dire. Comment écrire l'insupportable. Comment trouver la force de faire aussi mal à la chair de ma chair, que la vie, elle, impitoyable a eu la cruauté de me blesser à vif. Tu as déjà compris et j'imagine tes larmes couler. Pardon ma colombe, pardon. Je n'ai pas de terme plus doux, ton cher papa est parti il y a de cela cinq jours. Cinq longues journées que j'ai passées à pleurer toute l'eau que mes pauvres yeux pouvaient contenir. Non, je n'ai pas eu la force de t'infliger le terrible choix de ton père : l'incinération. Comme si sa mort ne m'avait pas assez affligée, il a encore fallu que je subisse ce choix effrayant. Mon cœur de vie, mon espérance, sache que je suis au moins légèrement consolée de savoir que tes petits seront épargnés par la douleur, puisqu'ils n'ont pas eu le loisir de connaître pépé Bernard. Je t'en prie ma chérie ne sois pas en colère après moi, je souffre bien assez. Tourne tout ton amour vers ta petite famille, elle t'apportera la consolation dont tu vas avoir besoin. Pour l'instant je préfère rester un peu seule. Je te recontacte d'ici quelques jours.

Ta maman qui t'aime plus que tout au monde.

Elle relut sa missive afin de retoucher une phrase ou un mot. Non, dans l'ensemble elle estime s'en tirer assez convenablement. Naturellement sa fille allait beaucoup pleurer et peut-être même crier de frustration et de colère. Mais Suzanne, en femme réaliste, savait depuis le début de cette mésaventure qu'il faudrait forcément avaler des couleuvres. La seule chose capitale pour elle à ce jour, c'est de garder le fil ténu entre elles deux, entre son envie de la voir et la nécessité de la tenir à distance le temps nécessaire. Elle songea que ce trait d'union pourrait se faire à l'aide de l'urne. L'urne funéraire bien sûr elle n'en avait pas. Pas plus qu'elle ne possédait de cendre d'humain, cela va de soi. Mais elle avait de bonnes cendres de cheminée très honorables qui feraient parfaitement l'affaire ! Pour le récipient, elle allait trouver, ça ne devait pas être bien sorcier.

L'URNE

Le lendemain elle fila à Toulouse pour acheter une belle urne. Elle préférait Toulouse. Dans cette ville, elle était plus sûre de ne rencontrer aucune connaissance, ni Fokjencose ni personne d'autre. Elle fit deux ou trois bazars où elle ne trouva rien ressemblant à une urne ou à quelque chose d'approchant.

Zut ! Elle avait pensé que ce serait plus facile. Elle voulait à tout prix éviter d'entrer dans un magasin funéraire. Étonnamment l'idée lui faisait froid dans le dos. Elle se doutait bien que les gens n'allaient pas acheter leur urne eux-mêmes pour leur défunt. Conclusion : ce serait louche, il était préférable de ne pas tenter le diable. Toutefois, comme elle passait devant une de ces vitrines, elle jeta un œil afin d'avoir une notion plus précise du style de l'objet à dénicher. OK, elle avait vu. Il lui fallait donc une espèce de pot austère avec un couvercle et une plaque dorée où on grave le nom du mort.

- Merde ! Bernard, t'es une vraie peau de vache. Maintenant, il faudrait que j'apprenne à graver dans le métal ? Mais tu te moques de moi à deux-cents pour cent ma parole ! Ben puisque c'est ça, tu vas voir. Crois-moi, ta plaque tu peux bien te la coller entre les ailes, et je suis polie !

Furax, la dame entra comme une bourrasque dans un commerce chinois, qui visiblement vendait absolument de tout. Au rayon vaisselle et décoration, il lui fallut peu de temps pour dénicher ce qu'elle cherchait. Une véritable copie conforme de la potiche dessinée en couverture de *Tintin et le lotus bleu*. Ça tombait on ne peut mieux : Bernard avait toujours détesté la BD et tout particulièrement celle de Tintin. Le personnage lui avait toujours été odieux, car il l'estimait franchement trop naïf. Suzanne reprenait le sourire, elle était ravie de sa trouvaille. Avec le vase, elle acheta une sorte de ramequin à apéritif large et peu haut de bord. Il était de qualité identique et passait fort bien pour le couvercle d'origine.

Une fois chez elle, après s'être posée, elle se rendit compte que son choix avait de très grandes chances d'étonner sa fille. Ah ça, sur le coup, ça ne l'avait même pas effleurée. Ben ouais, la colère est mauvaise conseillère et le coup de sang de Suzanne n'allait pas lui simplifier la vie.

Il y avait tout à parier qu'aucune urne funéraire, bien française, n'ait jamais ressemblé à cet objet directement emprunté à l'empire Ming, version bon marché.

Tout en réfléchissant, elle mit des cendres dans l'imitation porcelaine blanche au dragon bleu.

Nouvelle interrogation : et la quantité de cendre ?

- Mais c'est pas vrai ! Plus je résous des problèmes, plus tu m'en causes ! Tu ne me feras pas croire que tu fais pas exprès. Bon écoute Nanard, je te propose un deal : je brûle une de tes photos dans l'urne, comme ça, on ne pourra pas dire qu'il n'y a rien de toi dedans. Dans certaines peuplades lointaines, prendre une photo d'un humain, c'est comme prendre son âme. Son âme ! Tu imagines ? Bon alors tu vois, mon marché est honnête non ? Toi, de ton côté, tu viens un peu éclairer ma lanterne. Là-haut, tu dois bien fréquenter des lumières capables de m'illuminer ? Je vais aller manger ; ensuite je fais une petite sieste et là, paf, tu m'envoies ton message. Allez mon bonhomme, au nom de tous nos bons moments.

Ainsi fut-il fait. En tout cas Suzon remplit aussitôt sa part du contrat. Elle choisit une belle photo ou son homme encore jeune et fringant souriait de toutes ses dents blanches ; elle la déchira afin de l'aider à prendre feu au-dessus de l'urne.

- Tu vois, je suis pas rancunière moi, j'ai mis ta plus belle photo, ta plus belle âme quoi. Et maintenant, à toi.

Puis, elle partit en cuisine…

Ayant cassé la croûte généreusement, elle s'installa à ronfler sur le canapé. Et par ma foi, elle s'endormit l'esprit en paix.

Quand une demi-heure plus tard elle s'éveilla, la page ouverte sur son ordi était illuminée et faisait défiler tout un tas d'informations inutiles et invérifiables, comme à l'accoutumée. Pourtant l'une d'elle attira son attention :

> TRAFIC D'URNES. Un véhicule d'une grande enseigne de pompes funèbres transportait 17,5 kilogrammes de cendres. La valeur de 5 urnes funéraires. Pourquoi ? Les autorités s'interrogent mais soupçonnent d'ores et déjà un réseau réputé pour exploiter le marché très rentable des aphrodisiaques en tout genre.

- Putain ! J'y crois pas ! T'as réussi. Merci ! Merci mon Nanard ! T'es le meilleur. J'te jure, je dirai plein de bonnes choses de toi à notre princesse et à ses moutards. Juré ! Juré craché !

Elle était émue.

Il avait répondu à sa prière !

Pour elle, aucun doute, Bernard avait trouvé une pointure au paradis. Quelqu'un de super haut placé qui lui venait en aide. Elle n'avait déjà pas beaucoup de remords… Mais alors là ! Si de son perchoir cosmique son mari veillait sur elle, c'est que son cœur était aussi pur que la cocaïne d'un dealer de première zone.

Elle courut chercher une calculette : 17,5 divisé par 5, et voilà, la réponse était là devant ses yeux. Taquine elle lança :

- Voilà voilà mon petit bonhomme ! 3 kilos 5, c'est le résultat ; le petit tas de poussière grise ! Mais dis-moi, c'est presque ton poids de naissance non ? Avec un poids pareil on fait moins la grande gueule.

Elle pesa donc ce qu'il fallait pour ajouter aux restes de la photo cramée. Mais bon ! Trois kilos cinq, ça ne voulait pas rentrer. Elle se demanda si elle avait pris un vase assez grand.

- Je vais quand même pas transporter un bacha jusqu'au States ! Ah et puis zut. Je me fais des nœuds au cerveau toute seule, personne ne va penser au poids je suppose. L'essentiel c'est qu'il y ait un morceau de mon Nanard. Là-dessus, j'ai rien à me reprocher.

Ne restait qu'à trouver une explication plausible au sujet de la poterie nettement plus asiatique que monastique.

Les choses viendraient en leur temps. En cas de nécessité, il faudrait refaire un petit clin d'œil au pote *z'ailés* de son époux, quand on a des relations en hautes sphères, il serait stupide de ne pas en profiter.

Ayant résolu ce problème-ci, elle estima inutile d'attendre davantage pour retrouver sa fille et *partager* ces fameuses cendres. Elle ignorait tous des obligations que l'on pouvait avoir concernant ce genre de choses, mais elle s'en foutait allègrement.

Sa fille l'ignorait certainement aussi, et elle n'allait pas se mettre à étudier le droit français. Comme elle ne voulait pas être prise au dépourvu par une envie de revenir au pays de sa progéniture, elle anticipa de façon drastique.

En premier, elle prit un billet d'avion pour dans deux jours, direction : New-York. Par précaution elle s'offrit la garantie pour changer la date, mais elle se garderait bien de le dire à Nat. S'il le fallait, elle comptait bien lui forcer un peu la main.

Ensuite, elle rédigea un nouveau courriel, pour informer l'intéressée *(un peu quand même !)*, lui donner l'heure de son arrivée et, tout de même, lui demander si cela ne lui posait pas trop de problème de la recevoir ainsi à brûle-pourpoint.

Elle savait trouver les mots pour faire passer la pilule :

- Ma douce chérie

Je suis tellement seule. Je n'ai pas le goût de retourner tout de suite chez nous à Verneuil. Mais je me sens si mal dans cette maison d'Albi où nous avons passé tant et tant de belles vacances et où chaque objet me ramène à ton père et à ses chers parents. Durant ces longues années où tu nous as boudés, tu ne peux imaginer le nombre de fois ou ton papa a été à deux doigts de faire nos valises pour aller te rejoindre. Il souhaitait tant découvrir ton univers ! Je pense que c'est pour cela qu'il m'a laissé un petit mot que je viens de découvrir dans son portefeuille, que j'ai récupéré avant la crémation. Cela m'a bouleversée. Dans cet humble petit papier, il demande que j'emporte ses cendres par avion dans ton Amérique. Il serait heureux de rester à tout jamais auprès de toi qui lui as tant manqué. Voilà pourquoi…

Là, suivaient tous les détails utiles pour que Nathanaëlle récupère sa mère le surlendemain.

Elle aimait tout particulièrement l'idée de se débarrasser de l'urne contenant la poussière de photo, sans pour cela offusquer la mémoire de Nanard qui lui avait donné un coup de main du haut de son perchoir céleste.

Un brin de superstition la travaillait un tantinet : l'âme de la photo ou la photo de l'âme ; allez savoir.

En direct de l'autre continent, la réponse ne tarda guère. Totalement retournée, la pauvre jeune femme proposa à sa mère de rester le temps qu'il faudrait pour qu'elle retrouve la joie de vivre.

Suzanne était satisfaite.

Tout allait comme sur des roulettes !

Elle allait s'offrir un peu de bon temps et se faire dorloter. Elle ne voulait pas partir plus de quelques jours car elle était tout de même impatiente de retrouver *cire* son époux afin de s'assurer de son bon état !

Son cher Bernard qui attendait évidemment d'aller prendre l'air avec tous ses futurs potes épouvantails qui orneraient les rues de son village en été !

Mais bon, raisonnablement elle pouvait largement s'octroyer quelques jours de repos, bien mérités selon elle-même.

D'ici à son départ, il ne lui restait qu'à trouver une explication concernant l'urne carrément fantaisie. Cela ne l'inquiétait pas vraiment.

L'AMÉRIQUE

Aujourd'hui notre bonne Française, désormais Serial-Killer puisque déjà deux morts à son actif, est sur son trente-et-un. Quand je dis Serial-Killer, je ne fais que transcrire les idées qui naviguaient dans la tête de notre voyageuse, tandis qu'elle attendait son vol et quelle se sentait désœuvrée.

- Serial-Killer ! J'en foutrais moi des Serial-Killers. Y a ben que les amerloques pour s'imaginer qu'on tue à la chaine. N'importe quoi. Quand on a fait ce qu'on a à faire, y a pas de raison d'estourbir le reste de la planète, on n'est pas des sauvages. Non mais ! En plus moi, j'ai presque pas fait exprès, alors !

Heureusement pour le reste de la planète, Suzanne n'avait pas une mauvaise dent contre tout le monde.

Donc je disais que notre aventurière était fort élégante. Costume style tailleur d'un joli bleu profond : deuil sans trop en faire, sautoir et gourmette en or suffisamment gros sans être ostentatoires, escarpins du même bleu sombre que les vêtements avec des talons confortables sans faire *mémère*, un maquillage léger comme une brise de jeunesse.

Et au point de vue bagages : sa petite valise faisait très exactement vingt kilogrammes, sac à main mis à part naturellement. Au fait, en parlant bagage, j'ai omis de vous informer : toute à son affaire en pliant justement ses affaires, madame Grincechafoin se demandait ce qu'elle pourrait apporter comme cadeau à ses petits-enfants, sans trop se charger. Elle conclut qu'un livre en français qu'elle leur lirait le soir, serait très bien. Au départ, elle avait pensé à une spécialité genre friandises, comme les bêtises de Cambrai où des calissons d'Aix-en-Provence ; puis elle s'était souvenue avoir lu quelque part qu'il était préférable de ne pas voyager avec de la nourriture pour entrer aux États-Unis.

Et là : BING, l'idée pour faire passer la pilule ! Mais si, encore une fois vous savez bien de quoi je parle : le vase Ming ! Si vous ne pouvez entrer aux States avec un calendos ou n'importe quelle autre mangeaille française, vous croyez pouvoir y entrer avec une urne funéraire ? Et voilà ! J'imagine que vous avez compris. Suzanne avait une excellente raison : pour emporter *papa* à sa petite chérie, il lui avait bien fallu trouver un subterfuge. C'est pourquoi les cendres avaient fatalement atterri dans une poterie fantaisie qui pouvait facilement passer pour un présent. D'ailleurs, elle n'avait pas hésité à pousser l'audace jusqu'à faire un joli paquet enrubanné. Bon ça, c'était franchement de mauvais goût, mais vous connaissez maintenant le personnage.

Le voyage se passa sans incident notoire. À l'arrivée, Nathanaëlle était à l'heure accompagnée de ses pitchouns et de son conjoint. Aucun souci. Les présentations faites entre elle et Edmond Estévéra, ils grimpèrent tous dans le vaste et confortable véhicule, direction l'appartement de sa fille et de son gendre.

L'heure des petits cadeaux de mémé était là. Les gosses découvrirent avec une moue déconfite les deux livres illustrés, mais en français.

Quand mamie eut promis de les lire le soir, le sourire vînt enfin illuminer les petits visages ronds. Pour Nat, il y avait un foulard, et pour son gendre qu'elle ne connaissait pas, elle avait opté pour un livret de cartes postales de France. Visiblement, la France, le bellâtre amerloque n'en avait rien à faire. Suzanne se dit que ça tombait on ne peut mieux, puisque, elle, cette tronche de cake, elle l'avait immédiatement prise en grippe.

Nathanaëlle accompagna sa mère dans sa chambre. Quand elle voulut l'aider à défaire sa valise, elle tomba sur le paquet enrubanné :

- C'est pour qui ce joli cadeau maman ?

Sans réfléchir, Suzanne répondit sans prendre de gants. Prise au dépourvu, la réponse avait fait sursauter sa fille, c'est pour cela qu'elle n'avait pas retenu un cri de surprise. Heureusement, elle n'avait pas lâché le paquet. Aussitôt, le bel Edmond surgit.

- *À croire,* se dit mère Grincechafoin, *qu'ils nous épiaient derrière la porte.*

L'homme venait de changer de statut en moins de deux secondes. De simple bellâtre prétentieux, il obtint les galons de « *gros con* » dans l'estime de sa belle-mère. Celui-là, elle allait l'avoir à l'œil. Et le pire, c'est que la réaction du monsieur ne parvint guère à atténuer le diagnostic le concernant.

- *Wat apens my dear ?* Demanda-t-il à sa femme.

À vous, cela semble assez logique. Mais pour notre amie…

- *Peut pas parler français comme tout l'monde monsieur body-buildinge !* se dit-elle in petto.

L'affaire devenait sérieuse. Tout chez cet homme exaspérait Suzanne. Alors lorsque sa fille lui traduisit la suite :

- *Il a dit quoi ton espèce de bonhomme avant de mettre les bouts ?*

- *Maman ! Ce n'est pas mon bonhomme, c'est mon époux, le père de mes enfants. Il se demande si tu n'es pas folle d'avoir voyagé avec les cendres de papa. Tu sais, Edmond est très respectueux des lois comme beaucoup d'américains puritains. Pour lui, ce que tu as fait est grave.*

- *Ben tu l'avais pas mis au parfum ?*

- J'espérais lui épargner ça. Sincèrement, je voulais le lui cacher à tout prix.

- Tu remarqueras que j'avais pris un maximum de précautions en changeant l'urne. Dans une potiche comme ça, si on n'est pas informé, on ne peut se douter de rien. Sincèrement, je vois pas où est le problème maintenant que je suis passée comme une lettre à la poste ?

- Moi, je suis d'accord. J'étais persuadée qu'on en discuterait toutes les deux quand il serait au boulot et les enfants à l'école. C'est pour ça que j'avais pris ma journée de demain. J'avais même prévu de te proposer d'aller disperser les cendres dans un cours d'eau ou dans un jardin. D'une certaine manière, papa serait resté ici avec moi, mais sans que je prenne de risque tu comprends. Mais maintenant...

Edmond était sorti de la chambre en colère. Son épouse décida d'aller le calmer.

Quand elle revint dans la salle à manger, mamie jouait avec ses petits-fils. Leurs relations semblaient s'établir facilement. Nat souffla en songeant :

- Là au moins, maman a trouvé des alliés. Puis elle dit : *maman, tu veux venir voir le balcon ?*

Les gamins trop affairés à jouer laissèrent les grands entre eux. Une fois sur le balcon, Nat expliqua :

- *Edmond n'en démord pas. Il veut absolument aller déclarer l'arrivée des cendres de papa sur le territoire. Il pense que ce ne sera pas trop grave. Tout au plus une amende un peu salée. Que veux-tu, dans un sens, il n'a peut-être pas tort.*

Alors ça !

La Sussu, elle ne s'y attendait vraiment pas !

Elle n'était pas folle.

Ça risquait de faire un drôle de barouf si on découvrait, par le miracle du recoupement des informations internationales, que le Nanard n'avait pas cassé sa pipe officiellement !

Sa cervelle se mit en surchauffe. Elle devînt conciliante :

- *Bon. Écoute mon lapin, tu penses bien que je ne suis pas venue jusqu'ici pour troubler ton ménage. Je comprends Edmond. D'ailleurs, je n'ai pas encore eu le temps de te le dire, mais il est aussi charmant qu'il est bel homme. Je te félicite pour ton choix ma biche. Explique-lui que j'ai agi sans me rendre compte, en bonne Française quoi. Je lui promets d'aller moi-même voir les services de police.*

Nathanaëlle respira un grand coup. Soulagée, elle embrassa sa mère et partit apaiser son chéri.

Le reste de la soirée fut un plaisir. Edmond parla même un peu en français. Un tout petit peu, mais quand même. Sussu s'esclaffait même quand elle ne comprenait rien à ce qu'il disait.

Après le repas, comme promis, elle alla lire quelques pages aux mioches. Nat était comblée.

Le lendemain elle passa sa journée seule avec sa maman. Naturellement elle lui fit découvrir des coins typiques généralement appréciés des étrangers. Elles passèrent une belle journée.

Nathanaëlle profita de ce moment d'intimité pour demander à sa mère si elle devait venir en France pour les droits de succession. Cela l'inquiétait un peu. Non qu'elle attendît son héritage.

Au contraire. Les lois américaines étant bien différentes de nos lois, elle n'avait pas droit à des jours de congés et son absence pouvait lui porter préjudice.

Ouf ! Cela arrangeait grandement notre exterminatrice. Alors, bien inspirée par cette aubaine législative, la menteuse raconta sans vergognes des salades. Elle n'en était plus à quelques bobards près :

- Ton père et moi on avait fait une donation au dernier vivant. C'est tout à fait inutile de te déranger maintenant. Tu viendras quand j'aurai cassé ma pipe, ma chérie.

Comme ça lui convenait, la jeune femme n'eut pas envie d'aller plus loin sur le sujet. Elles terminèrent l'après-midi en sirotant un café, avant de récupérer les enfants à la sortie de l'école.

La semaine passa agréablement.

Enfin… chaque soir Edmond demandait en français :

- *Vous allez déclarer cendres ? Vous allez voir le police belle-maman chère ?*

Et chaque soir la réponse divergeait. Mais :

- *Oh mon cher gendre ! Soyez indulgent. C'était mon premier jour dans votre merveilleux pays.*

- *Ciel ! J'ai totalement oublié. J'ai visité tellement de belles choses dans votre beau New-York !*

- *Quand j'ai voulu y aller, je me suis perdue. J'ai préféré revenir avant de ne plus en être capable.*

- *Non Edmond. Je pensais y aller après la visite au musée, mais j'étais exténuée.*

Et ainsi de suite…

Alors honnêtement, l'atmosphère commença à s'alourdir dès le quatrième jour. Au bout du septième, Edmond craqua :

- *Bon je voir que vous prenez moi pour imbécile un vrai. Je moi y aller demain.*

- *Merde !* songea la belle-mère. *Il faut que je trouve un truc. Écoutez Edmond, je suis désolée. Je n'ai pas osé vous dire que je craignais de ne pas pouvoir me faire comprendre. Si vous voulez m'accompagner demain, enfin, si ça ne vous dérange pas trop, ce serait vraiment très gentil.*

Nat demanda à sa maman pourquoi elle ne lui avait pas demandé à elle tout simplement. Suzon retourna habillement l'affaire.

- Mais mon cœur, je suis déjà une charge pour vous et tu avais déjà pris un jour de congé. Tu as ton travail, les petits et maintenant moi ! Mais si Edmond peut m'accompagner, d'une certaine manière, ça nous créera une petite complicité. Ça me ferait plaisir tu vois.

- Et youp la boum ! Fingers in the nose.

Suzanne exultait. En réalité, deux soirs durant, elle avait griffonné des idées… et comme dit le proverbe : qui cherche trouve ! Alors, elle avait trouvé.

LA SÉRIE CONTINUE

Edmond promit de rentrer en début d'après-midi afin de conduire sa belle-mère au poste. Quand il arriva pour prendre Suzanne, il eut l'heureuse surprise de la voir prête et toute pimpante. Elle était même coiffée d'un curieux chapeau à voilette qui lui mangeait le visage. Elle ronronna :

- *Je m'impatientais Edmond. Mais vous êtes parfaitement exact. C'est juste que je suis si contente de profiter de votre soutien.*

Le pauvre gars bredouilla :

- *Voyons maman-belle, ce normal être.*

Le ronronnement s'intensifia :

- *Seigneur mon cher gendre. Vous ne vous rendez pas compte à quel point votre pays est incroyable. Tout est si grandiose ici. Votre appartement si bien agencé ! Et puis votre splendide et grosse voiture !*

Edmond ne captait pas forcément tous les mots. Mais voiture associé à splendide et surtout à grosse ! Ah ça, n'importe quel homme dans n'importe quelle langue, saurait le piger. Le traquenard prenait forme.

Il roucoula

- *Voiture mienne plaire à vous beaucoup ?*

- Beaucoup ? Mais non Edmond. C'est plus que ça. Elle me plaît beaucoup beaucoup et encore beaucoup !

Puis en elle-même :

- Trois fois le même mot, au moins ce pignouf va pas faire trop travailler ses pseudo-neurones.

J'ignore s'il fit suffisamment travailler ses neurones, mais à tous les coups, il fit nettement trop confiance à son autosatisfaction :

- Français avoir un peu pourrie voiture non ? Vous capable gauche conduire ? Pas difficile trop pour petite Française ?

En psychologue, madame se plaçait là. Il fallait le reconnaître le coup de la bagnole, chapeau bas. Elle ne l'avait peut-être pas trop mal jugé.

- Vous me feriez conduire ? Vous êtes fouououou ! Mais tellement adorable. Oh non ! Vous avez raison, conduire à gauche, ce serait trop dur pour une Française. Non, et puis moi, ce qui me ferait vraiment plaisir, ce n'est pas de conduire votre belle voiture. Ce que j'aimerais énormément, c'est rapporter une photo faite sur un toit de New-York. Mais pas la photo classique de tout le monde. Moi je voudrais prendre une photo d'un endroit presque inconnu, pas le piège à touriste. Mais ça, même un homme aussi intelligent que vous Edmond, ça, vous ne pourriez pas me l'offrir. Tant pis.

À l'aide de petites mimiques discrètes, elle avait pris le temps de tout bien prononcer clairement sans en avoir l'air. Elle était une comédienne largement digne d'Hollywood. Elle ajouta un faible soupir de déception en baissant les yeux. Piqué au vif, notre Apollon ne put résister.

- *Mais si ! Moi je pouvoir. Je connaître endroit pas touriste aucun. Pas même personne. Toit désert où prendre photo superbe vous pouvoir faire.*

Eh oui ! La chance ne sourit qu'à la canaille.

- *Décidément, vous êtes faaabuleux mon cher Edmond. Quel bonheur d'avoir un gendre comme vous. Mais vous croyez qu'on a le temps ?*

La garce ! Elle arrivait même à rougir.

- *Suzanne, vous coquine. Vous, flatter moi.* En vrai il était fier comme un paon. *Pour le temps, pas problème. Au moins trois heures bonnes nous devant.*

- *Qu'est-ce qu'il est horripilant avec son égo surdimensionné et son français merdique.* Pensa-t-elle.

Suzanne n'était pas raciste, oh non, comme tout le monde. Mais xénophobe…

- *C'est quand même pas difficile de parler correctement. On voit qu'il ne doit pas faire beaucoup d'efforts pour sa femme et ses rejetons.*

Elle ne peut décemment pas rester avec ce grand idiot imbu de lui-même.

Était-elle injuste ? Ça je l'ignore. Mais ce que je peux vous affirmer, c'est qu'elle ne pouvait pas le voir en peinture ! Et ça, pour lui, ce n'était pas bon. Si en plus elle estimait qu'elle allait sauver sa fille d'un mariage raté…

Alors minaudant comme une gamine aux hormones en surchauffe, elle répondit :

- *Oh merci mon bon Edmond ! Merci mille fois. Alors c'est d'accord, je prends mon appareil photo et je vous suis.*

Et elle lui smacha un gros bisou sonore sur la joue. Puis les voilà partis. Lui devant, elle, elle le rejoignit un peu après. Elle avait oublié son portefeuille !

En réalité, elle ne voulait pas, surtout, qu'on les voie sortir ensemble du pâté de maison…

Pour l'amener dans un coin désert, il l'avait amenée dans un coin où, effectivement, il n'y avait pas un chat. Suzanne en tremblait un peu en songeant qu'il lui faudrait rentrer toute seule.

Analysant soigneusement les moyens de transports à repérer pour le retour, elle se morigéna :

- *Soit pas si trouillarde. Le secteur est parfait. Et puis, comme aurait dit mon grand-père « tu as peur de quoi s'il n'y a personne ? ».*

Edmond avait choisi un quartier sans bureaux et où les habitants, relativement pauvres, terminaient tard leurs labeurs, car ils avaient souvent deux ou trois jobs pour parvenir à payer leur loyer.

- *Quand petit je étais, un copain moi habiter dans immeuble là devant. Pas lux, mais très très haute tour. Sur toit, nous pouvoir voir très loin. Vous pouvoir prendre photo incroyable !*

Ils entrèrent dans le bâtiment, prirent l'ascenseur, puis Edmond indiqua une petite échelle qui montait encore plus haut.

- *Pas vertige au moins Suzanne ?*

Dieu qu'il l'énervait avec sa compassion phallocrate ! Alors elle le moucha :

- *Pensez-vous mon ami. Quand j'étais gamine je faisais du cirque et les acrobaties ne me faisaient pas peur.*

Une fois sur le toit d'une hauteur délirante, la photographe d'occasion mitrailla le paysage. Mais, elle mitrailla aussi son gendre d'un tas de questions, jusqu'au moment où, enfin, elle parvint à le faire s'approcher du parapet et où il se concentra pour deviner un point dont elle parlait, mais que, curieusement, il ne parvenait pas à voir.

ET VLAN !

C'est tout.

Ah non, pas tout à fait. Une petite oraison funèbre avait suivi. L'oraison funèbre ! C'est peut-être ce qui différencie l'homme de l'animal ?

- Tiens abruti. Un bon coup de pied au cul ! Ta mère n'avait pas dû t'en donner assez ; ça t'aurait rendu moins imbuvable. Mais tu peux pas comprendre l'amerloque.

Quoique, à entendre ça ? C'est peut-être l'animal qui se différencie de l'homme ?

Edmond avait à peine terminé son vol gratuit avec atterrissage violemment incontrôlé, quand la coupable sortit en trombe de l'immeuble.

Arrivée deux pâtés de maison plus loin, elle ralentit. Elle n'avait vu personne. La ville tentaculaire tenait ses promesses ; le quartier dortoir, c'est bien souvent le néant au milieu du trop-plein.

Au cas où il y aurait eu un témoin aux fenêtres, il aurait juste aperçu l'espèce de bibi beige à voilette qu'elle avait mis pour la circonstance. Elle l'enleva rapidement, le glissa dans son sac. Elle le brûlerait en arrivant.

Super. Elle avait été fidèle à son sens de l'orientation. Elle trouvait que c'était facile de se repérer dans un pays tracé à l'équerre.

À seize heures, elle était au nid. Elle détruisit le chapeau beige, prit un livre et s'installa confortablement. Elle voulait savourer ces instants. Plus tard, il lui faudrait cajoler et consoler.

- Dire que tu vas pleurer cet imbécile heureux ! On a raison de dire que les enfants sont des ingrats. Ils ne prennent jamais la mesure de ce que l'on fait pour eux.

Quand Nat rentra avec ses gamins, sa mère s'était assoupie. Elle la regarda dormir. Elle avait l'air si paisible. Elle chuchota aux petits :

- Ne réveillez pas mamie. Elle dort si bien du sommeil du juste.

Les enfants n'ayant pas compris, elle expliqua :

- En France, c'est l'expression qu'on utilise pour dire que quelqu'un a l'âme en paix, comme votre grand-mère. Regardez, elle sourit même en dormant.

Lorsque Suzanne s'éveilla, elle s'aperçut rapidement que sa fille était déjà tracassée. Ça n'avait pas fait long feu.

- Monsieur Body-building ne devait pas avoir l'habitude de faire beaucoup d'heures supplémentaires. Pensa-t-elle sournoisement.

- Dis maman, tu sais si Edmond est reparti au travail après t'avoir accompagnée à la police ?

Suzanne toussota :

- Eh bien ma colombe, je l'ai attendu longtemps et il n'est pas venu. Je suis bien allée faire un tour (ça c'est au cas où un curieux l'aurait vu à l'extérieur), *ensuite j'ai bouquiné avant de*

m'assoupir. Ne te fais pas de souci, il a dû avoir un contretemps.

Nat n'insista pas. C'était étonnant qu'il n'ait pas prévenu, mais pas impossible. Son téléphone était peut-être déchargé.

La soirée se passa. Sans les mioches, le repas aurait été lugubre. Nat regardait sans cesse la pendule géante de la salle à manger. Quand Suzanne la vit essuyer une larme d'angoisse, elle lança :

- *Allez les zozos ! Si vous arrivez après moi dans votre chambre, je ne vous lis pas la suite de « Barbe bleu ».*

Le brossage de dents, ce soir-là, ils s'en brossèrent royalement, et leur maman n'avait rien dit…

De retour à table, elle trouva sa fille en train d'appeler le commissariat. Ils lui conseillèrent de ne pas s'en faire et si elle voulait, elle pouvait toujours appeler les hôpitaux. Ce qu'elle fit.

Pendant ce temps-là, Suzanne prétexta aller faire chauffer une tisane pour préparer un puissant calmant à sa fille. Elle estimait inutile qu'elle reste éveillée à se ronger les sangs. Elle espéra que l'écrabouillé du toit vertigineux soit vite découvert. Inutile de faire lambiner. Quand une dent suppure, il faut l'arracher aussi vite que possible. Tout en pleurnichant, Nat avala en confiance le breuvage un peu trop sucré.

Dix minutes plus tard, elle ronflait comme un sonneur. Sa mère la coucha en priant Bernard d'intercéder en haut lieu, pour que les choses aillent vite et bien. Et comme Nanard n'était sans doute pas trop rancunier, ou parce que c'était pour sa fille, ou encore parce qu'il était trop content d'être parti, le lendemain, avant le réveil, le téléphone lança l'alarme. La larme suivit l'alarme d'un cheveu. Nat était effondrée. Suzanne amena les enfants à l'école.

Le premier jour, vaillamment elle soutint sa fille avec des mots tendres. Les jours suivants, elle eut un peu plus de difficultés. Mais au bout de cinq jours elle tenta de lui exposer ce qu'elle pensait, elle, de l'homme que sa fille avait perdu.

- *Mais enfin ma bichette ! Tu ne vas pas te laisser dépérir pour un bellâtre qui n'en valait pas tant la peine ?*

Ouille ! Ouille ! Ouille ! Elle avait à peine achevé sa phrase qu'elle se rendit compte de son erreur.

Trop tard !

La Nathanaëlle Estévéra qui se tenait debout devant elle avec un regard outré, ressemblait comme deux gouttes d'eau à la jeune Nathanaëlle Grincechafoin, le jour où elle avait claqué la porte de chez ses parents. Elle hurla :

- Fous-moi le camp ! Fous-moi le camp tout de suite. J'en étais sûre. Tu n'as pas changé. Il n'y a toujours que toi qui fais tout parfaitement. Papa a bien fait de partir. Fais ta valise, je te conduis à l'aéroport.

Croyez-le si vous le voulez, la pauvre mère était au trente-sixième dessous. Pour un peu, elle aurait tout avoué : Bernard, Monsieur Chambre 13, Edmond… Pour un peu oui, mais pas complètement quand même.

Elle savait que ce n'était pas le moment d'essayer d'amadouer sa progéniture.

- Seigneur. Elle est bien comme son père. Enfin, autant rentrer, j'en ai ma claque du pays des bouffeurs de chewing-gum.

La valise faite, elles se quittèrent encore une fois en froid, à l'aéroport.

Suzanne comptait laisser passer quelques temps ; ensuite, elle contacterait ses petits-enfants. Les gosses, dans certaines circonstances, peuvent faire des miracles.

RETOURS

De retour à Blagnac, elle fit le chemin inverse en bus. Comme elle était peu chargée, elle n'avait pas jugé utile de payer le parking pour stationner sa voiture sur une longue période.

Arrivée dans la maison de famille, elle s'écroula de fatigue et s'endormit jusqu'au lendemain. Elle fit un rêve étrange où un chewing-gum géant attaquait un corbillard. Du corbillard déchiqueté, une espèce de vapeur blanche et bleue ressemblant à un dragon s'échappait, et tandis que la vapeur s'étirait dans l'espace, elle ondulait et se métamorphosait lentement en chiffre treize.

C'est à ce moment-là que le camion poubelle passa dans la rue avec son bruit de moteur caractéristiquement puissant et ses bips bips cinglants, servant sans nul doute à réveiller la population à des heures indues.

Suzanne émergea à regret. Bernard était désormais réellement mort depuis plusieurs mois.

Elle sourit à l'aurore. Albi, l'Amérique et son New-York, elle assurait un max. En bref, notre veuve pouvait s'enorgueillir de se débrouiller seule dans l'existence depuis environ un trimestre. Ce mardi, elle estima qu'il fallait se décider à retourner dans l'Allier. Sa décision prise, elle plia, aspira, rangea et nettoya tout de fond en comble.

- Après tout, je me plais bien ici. Il fait quand même meilleur que dans le centre. Je me demande si je ne reviendrai pas y passer l'hiver ?

Guillerette, la journée passa en chanson et en coup de vent. Le soir les valises étaient prêtes. À vingt-trois heures, elles étaient même dans le coffre de la voiture… La nuit tînt sa promesse de quiétude.

Le petit-déjeuner avalé, elle empaqueta les restants de nourritures, espérant affamer les rongeurs. Elle laissa une maison impeccable, ferma le gaz, coupa même le compteur avec une pensée pour qui vous savez :

- Tu vois mon bonhomme t'as été le roi des pigeons. C'est pas si difficile de faire des économies. Les comptes avec moi, ça va changer radicalement. Fini d'engraisser EDF et tutti quanti.

Puis, elle ferma tous les volets, verrouilla la porte d'entrée et enfin les vantaux du portail. Remontée dans son auto, résolument, elle remonta aussi la France.

VERNEUIL

Une fois à Verneuil, la première chose qu'elle fit, fut de rendre une visite à son défunt avant même de décharger ses bagages. Ayant ouvert la porte avec impatience, elle avait d'ailleurs failli casser la clef dans la serrure, elle fila directement à la cave :

- Pourvu que Bernard aille bien !

Oui, vous l'auriez éventuellement exprimé d'autre manière, mais à chacun ses critères. Or donc, selon les critères de la dame, Bernard allait on ne peut mieux. La cave était fraîche, l'air sentait légèrement l'humidité du lieu, mais rien d'anormal, les mouches n'étaient pas au rendez-vous. Que demander de plus ? La charmante épouse de cire Nanard laissa échapper un soupir d'aise. C'est logique, il en est ainsi lorsque l'on constate le bien-être d'un proche.

Ensuite, elle fit ce que tout le monde fait en rentrant de vacances. Ouvrir les volets et aérer, vider la voiture, ranger le reste des provisions, nettoyer la glacière. Rien de très original.

Le lendemain lorsqu'elle ouvrit le courrier, nichée entre deux épaisses piles de publicités elle trouva une lettre concernant la retraite de son époux.

- De Dieu ! Pourvu qu'y ait pas d'blême !

Mais non au contraire. Une bonne nouvelle : une légère augmentation. A priori une nouvelle qui aurait dû entraîner une réaction de joie, ou au moins de satisfaction.

Pourtant : le nez collé devant la lettre, Suzanne semblait hypnotisée. Elle resta ainsi à réfléchir relativement longtemps.

Jusque-là elle n'avait pas pensé à la caisse de retraite ; elle avait eu d'autres chats à fouetter, voire d'autres cas épineux à régler. Elle n'était pas vénale et vous savez, vous, que son veuvage n'avait strictement aucun lien avec l'argent. Mais cette missive venait faire grincer la désagréable petite mécanique de son cerveau. Elle inspira profondément :

Fallait-il faire mourir Nanard une nouvelle fois, pour pouvoir éclaircir l'affaire d'un point de vue *social* ? En d'autres termes, fallait-il officialiser sa mort ?

- Oooh stop mémère ! Mais pour quoi faire bougre d'idiote ? s'enguirlanda-t-elle. *Tu veux vraiment te retrouver au trou à force de tenter le diable ? Et en plus, tu tiens tant que ça à te serrer la ceinture au dernier cran avec une retraite de misère ?*

La société, la brave femme n'en avait cure. Ce qui la troublait, c'était de laisser un jour sa fille dans une situation des plus embarrassantes. Elle prit donc une ferme résolution :

- OK. Si je ne trouve pas mieux, je vais attendre encore quelques années et quand je sentirai que c'est presque la fin, j'irai tout avouer à la police. Nathanaëlle aura du chagrin, mais ainsi je laisserai mes affaires en ordre.

Ferme la résolution ?

Si l'enfer est pavé de bonnes intentions, il n'en est pas moins du cœur de certains meurtriers, mêmes récidivistes. Donc, dans l'immédiat, elle ne fit rien.

D'ailleurs, elle passa deux bons mois à ne rien faire de très spécial justement. Ménage, jardin ; jardin, ménage. Ah si ! elle avait créé un rituel qui lui plaisait bien. Tous les matins, après un copieux petit-déjeuner, systématiquement agrémenté de deux œufs frits, en revanche des longues années où elle en avait été privée, elle descendait laver son linge sale avec Bernard.

Il était bien temps de mettre les choses au clair entre eux.

C'était devenu une sorte de ritournelle :

- Ah ! Au fait mon cher : j'ai un truc à te dire qui me reste sur l'estomac depuis bien trop longtemps ! Pas la peine de prendre ta tête de martyr. Tu ne vas ni m'apitoyer ni t'en tirer comme ça.

Ensuite venait un flot de bile qu'elle déversait avec délectation dans les oreilles, devenues heureusement sourdes, du pauvre type.

Forcément, ce rituel agrémentait ses journées.

Mais elle avait beau y mettre du cœur et trouver régulièrement des reproches à faire au disparu, sur le sujet elle était étonnamment intarissable, c'était quand même insuffisant à combler l'absence.

Comme aurait dit sa grand-mère, parler toute seule ou avec un mort, c'était un coup à devenir berdin.

Elle commençait à s'ennuyer sérieusement.

Malgré ses séances d'engueulade avec son homme, celui-ci manquait nettement de répondant.

D'un autre côté, elle ne fréquentait toujours pas le voisinage, et ce voisinage ne lui accordait pas davantage d'attention depuis qu'on pensait son mari parti *chercher pratique* ailleurs. Les gens, peu charitables, pensaient même que le pauvre type avait eu bien raison de se tirer avec une autre.

Quant à sa seule famille, sa fille n'avait pas daigné donner de nouvelle, ni surtout en prendre de sa pauvre veuve de mère.

Bref, on a beau s'appeler Suzanne, être de mauvaise foi et détester la planète entière, au bout d'un certain temps, on finit par se faire *frire*, pour ne pas dire un mot vulgaire commençant par Ch !

Notre pauvre Sussu espérait l'été comme le covidé espère l'oxygène. Elle se disait que le beau temps changerait la donne.

Le printemps assez frais cette année-là, dardait ses dernières semaines telles de longs rayons cheminant lentement vers un avenir morne, morne, morne… Alors, elle se décida enfin. Un jour différent des autres où la volonté reprenait du poil de la bête, elle contacta Paul et Nestor, les deux petits monstres de sa fille. Heureusement pour elle, et quoi qu'elle en pense, les deux schtroumfs, à six ans tout juste, possédaient déjà chacun un téléphone portable. Ne sachant lequel choisir pour appeler et ne pas vexer son jumeau, elle opta pour l'ordre alphabétique, mais inversé, pour plus de justice. Et pour faire encore plus équitable, elle envoya un texto à Nestor en premier pour prévenir :

-- *Mamie pense à vous !* --

- *Allo Paul ! C'est mamie de France. Comment ça va mon lapin ? Ton frère est là ? Dis-lui que je l'appelle juste après toi.*

Mon Dieu, que ça lui faisait du bien ! Elle papota avec les deux bambins au moins une heure durant. En fait, jusqu'à ce que Nestor lance bien fort :

- *Paul, on va manger.*

Elle s'empressa d'ajouter :

- *Ne dites pas encore à maman que je vous ai appelés. Vous savez mes petits chéris qu'elle est un peu en colère avec mamie. Si vous avez envie que je vienne vous faire des câlinous, il faut lui parler souvent de moi et demander souvent quand est-ce que je viens. Allez, je vous fais de gros bisous et je vous appelle la semaine prochaine. Ne faites pas attendre votre mère.*

Et voilà, tel le cheval de Troie, les alliés de l'amour filial étaient désormais dans la place. Ne restait qu'à prendre patience en relançant l'amorce périodiquement avec subtilité… Pour être meurtrière, on n'en est pas forcément pour autant dénuée de nobles sentiments ! Et notre pauvre grand-mère avait le cœur en lambeaux, car les jours passaient sans le moindre signe de la si chère chair de sa chair… Les vendredis, les soirs étaient le souffle de bonheur qu'elle attendait avec de plus en plus d'impatience. Ces soirées-là, ses petits-fils rentraient plus tôt de l'école et ils étaient seuls dans leur appartement New-Yorkais, puisque leur maman, elle, rentrait du travail à la même heure que les autres jours de la semaine. Alors les vendredis, elle avait une heure pour leur parler. Souvent c'est elle qui appelait. Mais parfois elle avait la surprise d'entendre tinter son portable. Quand les jumeaux avaient de l'avance, ils avaient eux aussi, pris goût à ce rendez-vous. Ils téléphonaient donc à leur mamie, trop contents de ne pas se sentir abandonnés. Depuis la mort soudaine de leur papa, leur mère avait beau faire le maximum, ils avaient un profond sentiment de vide. En conséquence, que voulez-vous, même si à nous qui savons cela peut sembler sordide, pour ces petits, leur mère-grand était une providence. En résumé, dans la vie, un clou chasse l'autre.

Mais la vraie question qui trottait dans la tête déprimée de la triste Suzon était :

- Bon, j'ai au moins le réconfort de créer des liens solides avec les enfants. Mais avec ma petite Nat ! Est-ce que je la reverrai avant de mourir ?

C'est vous dire dans quel état de désolation se trouvait cette femme. Inconsciemment, elle prenait la dimension de ses coups de sang : la grande et abyssale solitude. Elle faisait tout ce qui était en son pouvoir afin de briefer Paul et Nestor pour faire passer des messages subliminaux. Malheureusement, cela semblait n'être guère productif. La machine à retourner le temps n'étant pas en sa possession elle se sentait terriblement impuissante.

Et puis alors qu'elle n'y croyait plus, par un midi de grand soleil : Dring ! Enfin façon de parler puisque la mélodie ressemblait davantage à ces pendulettes 1930 que l'on trouve sur les cheminées vieillottes.

Prenant le combiné qui ne grelottait jamais que pour de la pub à cette heure de repas, elle fut à deux doigts de laisser le bouledogue ancré en elle se charger de répondre à l'immanquable malotru qui se permettait de la déranger. Mais la douleur ayant su l'adoucir, et aussi parce qu'elle n'avait parlé à personne d'autre qu'à deux mioches lointains depuis des jours, elle musela son animal interne pour dire :

- Madame Grincechafoin à l'appareil. À qui ai-je l'honneur ?

Lorsqu'elle ouïe un fluet :

- Coucou maman, c'est moi.

Elle en tomba littéralement assise. Enfin ! Enfin sa fille adorée lui téléphonait ! Enfin sa fille chérie lui pardonnait ! Lui pardonnait quoi ?

Pour vous pas de doute, si la fille passait l'éponge, c'était sur les maladresses verbales de sa génitrice. La cause de la mort de son homme, heureusement Nathanaëlle ne l'avait jamais soupçonnée. Pour elle, il s'était suicidé sans que personne ne comprenne. La police avait été formelle : quelqu'un qui est réellement au bord du gouffre ne le laisse que rarement deviner. Pour tous : burnout. Dans un pays où les droits du travailleur sont plus rares que les doigts de main d'un manchot…

Cependant, pour la Suzon, les choses avaient une couleur beaucoup plus nuancée, beaucoup plus arc-en-ciel, beaucoup plus généreuse. Ben oui, Suzanne elle, rajeunie de vingt ans, se sentit lavée de tous ses péchés illico-presto et même dirais-je : tambour battant à tue-tête la trêve d'une guerre enfin gagnée.

Nathanaëlle se sentait seule et débordée. Suzanne se sentait seule et inutile. Il ne fallut pas plus que le choc de leurs déserts mutuels pour que mère et fille décident de se retrouver afin de s'épauler dans leur veuvage respectif.

Elles étaient tellement déboussolées que Nat proposa même de revenir vivre en France chez sa mère. Instinctivement lors de cette conversation, sans prendre le temps de peser le pour et le contre, Suzanne avait répondu :

- *Mais oui ma douce. Quelle riche idée. Il faut que tes enfants découvrent la face cachée de leurs origines.*

C'est alors que la nuit qui avait suivi cette discussion avait été une nuit affreuse et pleine de cauchemars détestables. De monstrueux rires d'enfants démoniaques dans une fantomatique école psalmodiaient :

- *Tu la connais la face cachée du Nanard ? Le pépé Nanard il est dans la cave et il boit pas d'pinard ! Le pépé Nanard il se prend pour une bougie sans pétard. Le pépé Nanard il a plus mal aux dents ni même le cafard ...*

Enfin, vous imaginez ?

Au réveil ce jour-là, la pauvrette avait avalé deux aspirines avant de griffonner des tas d'idées sur son calepin de secours. Elle avait commencé comme ceci :

- *Hier j'ai fait une énorme boulette. C'est moi qui dois partir chez Nat et pas le contraire. Il est impératif de laisser dormir mon cher Bernard en paix dans sa gangue cireuse. Conclusion : je dois faire machine arrière toute. Oui mais comment expliquer ce brusque changement à Nathanaëlle ?*

Le crayon était alors resté en suspens un bon moment. Il lui paraissait délicat de refuser à sa fille le retour au nid alors qu'elles en avaient grand besoin. En compensation elle était disposée à rester chez les ricains le temps qu'il faudrait pour la soulager, l'aider à refaire surface et pour effacer la tristesse dans le cœur de ses petits-enfants qu'elle aimait de plus en plus. Quelque part, vous en conviendrez, cette femme était pleine d'humanité ! Après deux ou trois échanges de courriels, l'affaire avait été assez simplement réglée. Tout compte fait, il était plus facile qu'une retraitée s'expatrie pour une période indéfinie, plutôt qu'une laborantine en plein emploi et deux gosses presque en fin de premier cycle scolaire. Suzanne ignorait si Nanard avait fait pression sur ses collègues auréolés pour l'épauler, mais un petit merci ne pouvait pas faire de mal. Elle descendit à la cave discuter avec son défunt. Pour une fois, le rituel fut un peu modifié :

- Alors là Bernard, je dois dire que tu es un père modèle. Crois-le si tu veux, mais je serai ravie de raconter le meilleur de notre union aux deux petits lascars que tu n'as pas eu l'opportunité de rencontrer. Je vais faire de toi leur papi préféré. Sur ce, je tiens à t'annoncer que je pars pour un certain temps chez les bouffeurs de steaks. Mais je te promets de penser beaucoup à toi mon chéri.

Et le chéri, peut-être fier d'être honoré à titre posthume, approuva, sans doute aucun, d'un silence religieux.

L'ÉPOUVANTAIL

Puisque tout le monde était d'accord, il n'y avait plus qu'à préparer les bagages et fermer la maison avec les précautions d'usage. Peut-être serait-il même opportun de doubler quelques serrures et de prévoir quelques bons cadenas bien solides en supplément.

Une nouvelle question taraudait notre Verneuilloise : avant de quitter la région, et même le pays, pour une durée indéterminée, fallait-il, oui ou non, sortir le nouvel épouvantail ? Fallait-il l'installer dans la rue avec presque un mois d'avance sur ses futurs concitoyens bucoliques qui amuseraient les badauds sans faire la moindre peur aux oiseaux ? Le mois de juin était à peine commencé, or l'inauguration de la cérémonie des épouvantails n'aurait lieu que début juillet !

Suzanne ne voulait pas attendre aussi longtemps pour partir. Sa fille et ses bambins lui manquaient trop. D'autre part, plus que jamais elle n'avait aucunement l'intention de participer à la fête du village.

- *Oh et puis je me pose bien trop de problèmes. Y en a des feignants qui les laissent toute l'année dehors. Vinzou d'vinzou, y en a même qui sont dans un état ! J'vois pas pourquoi qu'mon Nanard il aurait pas l'droit d'prendre le frais.*

Et sitôt pensé, quasiment sitôt fait.

La veille de son départ, aux alentours de vingt-trois heures trente, Nanard alias Dark Vador, se retrouva installé devant la porte de sa cave.

Suzanne avait préféré attendre la nuit.

Malgré l'absence de rapport avec ses voisins, elle se méfiait de devoir répondre à des curieux. Le lendemain, elle avait son vol qui partait aux aurores de Clermont-Ferrand pour les States, via Paris naturellement. Si l'idée de se lever dès potron jacquet l'agaçait, au moins, pas de risque de croiser le moindre quidam. Bon, elle peina un peu pour transporter son bonhomme.

Quand il fut installé, elle lui fit ses au revoir :

- *Voilà voilà mon p'tit père, je te laisse pour quelques temps. Je suis bien contente que tu portes une bonne cape parce qu'il fait encore frisquet pour la saison. Allez mon bichounnet, pour une fois tu peux faire le trottoir autant que tu veux. D'ici peu tu pourras te dénicher une belle madame épouvantail espèce de gros veinard. Avec ton look de beau ténébreux tu vas faire un malheur.*

Puis elle tourna les talons. Repassant par la cave elle cadenassa soigneusement la porte extérieure. Une fois remontée dans la maison elle vérifia tout une énième fois avant d'aller dormir.

Pour ne pas manquer son avion, il fallait qu'elle se lève très tôt.

Ainsi, deux jours plus tard, notre bonne grand-mère sirotait une boisson maronnasse et gazeuse à une terrasse de café sur une avenue bruyante et Newyorkaise.

La chère femme pouffait de rire à la vue des impayables jumeaux pleins de crème glacée sur la figure.

Elle était franchement heureuse.

Son cerveau faisait table rase. Elle avait totalement oublié son village. Sous les clims salvatrices…

Elle avait totalement oublié les canicules. Profitant de sa descendance…

Elle avait totalement oublié Dark Vador…

TANDIS QU'EN FRANCE

Tandis que notre petite famille profitait au maximum du bonheur filial, sur l'autre continent, très loin là-bas en France, le cycle des saisons faisait sa joyeuse ronde coutumière.

Les gamins préparaient les fêtes scolaires de fin d'année, d'autres moins chanceux préparaient leurs examens.

Les parents commençaient à s'organiser en vue des grandes vacances.

Le soleil s'émancipait des dernières brumes d'aurores scintillantes de fraîches rosées.

Et puis enfin ;

La fête des épouvantails vit sortir tout un tas d'hommes et de femmes de bois, de plastiques recyclés, de pailles ou de tout autres choses et matériaux aussi improbables qu'incroyables.

Désormais, cire Dark Vador n'était plus seul, ni dans sa rue, ni dans son village gaulois. Dans les champs, l'été profilait la blondeur de ses blés, et un peu partout, la chaleur s'invitait de plus en plus à l'ambiance estivale. Effectivement, si le printemps avait été frisquet et comme nous le chantent les météorologues des écrans, s'il avait été en dessous des normales saisonnières, l'été lui, avait commencé son entrée en fanfare.

Ainsi, dès le premier juillet, les baromètres s'enorgueillissaient d'un superbe quarante degrés à l'ombre, et ce n'était pas fini…

Or donc, tout de noir vêtu dans son beau costume made by Suzanne, masque impeccable, cape au vent, Bernard avait passé un mois de juin relativement tranquille. Les badauds profitaient avec joie de ce mannequin original, digne du musée Grévin et un peu en avance sur ses confrères. Qui ne connaissait pas le film de Star Wars ? Le sombre et ténébreux personnage était légendaire, le succès était assuré. Malgré cette fin de printemps maussade, il avait déjà été photographié à maintes reprises : seul, en selfie, en famille, à côté de jeunes couples, au bras d'un grand-père… et lors de l'ouverture de la promenade des épouvantails, même s'il n'avait pas bougé d'un iota, il avait gagné le concours annuel haut la main.

Puis juillet avait entamé son arrivée triomphale. Foin des frimas, au diable les manteaux et gilets, vive les chemises légères, pantalons de toiles fines, caracos, jupes frivoles, robes à bretelles aux couleurs chatoyantes.

Non content d'assécher les gosiers, un rien taquin, le soleil avait légèrement modifié sa course dans le ciel, entraînant les clairs obscurs dans son sillage.

Chaque jour, sans même glisser sur l'asphalte, le seigneur des ténèbres quittait de plus en plus l'ombre rafraîchissante de sa demeure…

Est-ce que du haut de son céleste perchoir Nanard commençait à en avoir marre ?

Commençait-il à se lasser de cette gloriole qu'il n'avait pas souhaitée ?

Ça, sincèrement, je n'en ai pas la moindre idée.

En tout cas, Dark Vador se mit soudain à donner d'inquiétants signes de fatigue. Le méchant bonhomme se mit à perdre de sa superbe.

Il fléchissait. Il s'amollissait. Il se liquéfiait inexorablement sous l'intraitable soleil de plomb !

Sa gangue protectrice se mit à fondre pour se répandre en flaques grasses et immondes…

Certains prétendraient que cette fois, le pot aux roses allait être découvert ! Ouais ! Mais comme je l'ai déjà énoncé, de roses dans cette affaire, il n'y en avait pas !

Suzanne n'avait pas fait école en Égypte ancienne, ni même en taxidermie, pas plus d'ailleurs qu'en astronomie. Sa connaissance des momies se contentait de vagues lectures, et sa connaissance en personnages de cire, d'une brève visite des musées parisiens. La rotation de la terre, le mouvement des astres et les mystères des jeux d'ombres et lumières du ciel, elle n'en avait jamais eu cure…

Alors cela vous étonne peut-être, mais non !

Notre Suzon n'avait pas pensé à tout, et non, elle ne s'était pas inquiétée outre mesure de la donnée température quand elle avait eu l'idée des épouvantails. L'ombre profilée par sa maison était généralement si douce…

Pour le moment sûre de sa bonne étoile, Dieu que Suzanne était loin de toutes ses basses contingences…

Mais, à Verneuil, subséquemment :

Les chairs de Bernard devenues molles, malgré le traitement à la chaux, prirent un véritable coup de chaud. Elles se décidèrent enfin à sentir la charogne. Elles acceptèrent enfin d'accueillir les futures mamans mouches et leurs blancs bébés dodus.

Les peuples ne sont jamais prêts à l'incongruité.

L'admiration céda sa place à la stupeur.

La stupeur engendra son lot de cris d'horreur. Les cris d'horreur s'intensifièrent de justes indignations et de commérages, pour une fois parfaitement compréhensibles.

Et naturellement, la maréchaussée fut diligentée.

PRÉMICES D'ENQUÊTE

Lorsque l'élégant capitaine de gendarmerie se trouva sur les lieux, sa prime réaction fut de se sentir extrêmement indisposé par ce spectacle macabre. Je pourrais même dire : par ce spectacle répugnant.

Comme à l'accoutumée, ses chaussures légèrement trop étroites le faisaient souffrir et le parfum agressif du seigneur des ténèbres de Star Wars n'arrangeait rien à son humeur de chien.

Depuis sa mutation dans la région, même si elle n'était que provisoire, Maxence-Émilien* ne décolérait pas.

- *Quel pays de cinglés*. Songea-t-il en contemplant le cadavre. *Venir de Toulouse pour découvrir des merdes pareilles !*

Se grattant le crâne, il ajouta :

- *Ah y nous la copieront les politiques avec leur manque d'effectifs à la mords-moi l'œil. Remplacement peinard ! Tu parles d'un remplacement peinard ! C'est même pas une plongée profonde en eau trouble. C'est carrément une asphyxie à l'huile de bougie rance !*

Cependant, comme l'expérience lui avait appris que l'on n'échappe pas à son destin, il se mit vaillamment à l'ouvrage.

Il convoqua la scientifique et en attendant la cavalerie, il se coltina l'enregistrement de toutes les bonnes volontés du coin.

Évidemment, en de telles circonstances et pour baver sur son prochain, il y avait une cohorte de candidats, nettement plus que pour nettoyer la place publique des crottes de canidés.

C'est donc grâce à ces braves gens que Maxou envisagea que le patronyme civil de Dark Vador était vraisemblablement : monsieur Bernard Grincechafoin.

Déjà, le personnage momifié trônait là, juste à côté de la porte de sa cave depuis le départ de sa dame, et en plus, ce monsieur Grincechafoin avait disparu depuis belle lurette.

Selon la rumeur on le supposait parti courir le guilledou avec une jeunette étrangère. D'après les différents témoignages, ce serait son épouse qui aurait fait circuler cette information.

Il apprit aussi que madame Grincechafoin partait de plus en plus souvent pour de longues périodes, alors que le couple n'avait plus quitté le village depuis au moins dix ans.

Circonspect, le capitaine interrogea :

- *Ça ne vous étonnait pas qu'elle parte ainsi toute seule depuis que son mari n'était plus là ?*

C'est un pépère débonnaire qui répondit :

- Nous étonner ? Ben non. C'était même le contraire. Nous, on a supposé qu'elle avait besoin de changer d'air la Suzanne, de se changer les idées quoi.

Puis il ajouta l'air gêné :

- C'est que la Grincechafoin, elle était pas très aimée dans le patelin. D'ailleurs, lui non plus il avait pas d'ami dans le village.

Il fut inutile de leur tirer les vers du nez pour découvrir que la famille en question sortait le moins possible, et vivait renfermée sur elle-même.

Visiblement les Grincechafoin étaient mal vus dans toute la région. Malgré l'insatiable curiosité populaire, personne n'avait la moindre idée de l'endroit où le gendarme avait une chance de trouver celle qu'il considérait déjà comme une fugitive. Avoir trouvé la coupable en deux temps trois mouvements, ça, ça faisait bien son affaire. Max n'était pas réellement tire au flanc, mais il n'était pas non plus le plus courageux de son régiment.

Concernant l'affaire, bien sûr les voisins savaient que le ménage avait eu une fille et que celle-ci vivait en Amérique.

Mais l'Amérique c'est grand !

L'information était donc relativement d'un intérêt modeste.

Ils savaient aussi que durant l'enfance de la gamine, ces gens-là, comme disaient aimablement ces bons villageois, partaient alors en vacances chaque année. Mais où ? Ou bien ils avaient oublié, ou bien ils n'avaient jamais vraiment su… quelque part dans le midi…

Ça aussi, c'était franchement vague.

Maxence-Émilien consigna tout cela avec soin, puis dès que les confrères experts en *farfouillage* d'indices furent sur place, il tourna les talons, content de quitter cette scène affreuse. Direction, la brigade où il allait écrire son rapport.

Ça, écrire son rapport, il aimait bien.

Mais, ce qu'il préférait, c'était donner des ordres. Ça tombait on ne peut mieux, il y avait des consignes à distribuer. Rechercher la madame auteure de l'œuvre en décomposition n'allait pas être une mince affaire. Il pensa avec nostalgie à sa brigade, celle de ses débuts, à Quint-Fonsegrives proche de Toulouse…

Peut-être devrait-il contacter ses ex-collègues puisque la fugitive était éventuellement dans le midi. Il se souvint que son collègue et ami, le brigadier-chef, Lecontan Jef, avait été muté à Albi !

Ma foi, pourquoi ne pas faire aussi appel à lui ?

Donc, son rapport rédigé, il téléphona aux deux brigades.

Il papota plus d'une heure avec Jef qui lui donna des nouvelles de deux jeunes *bleus* tout droit sortis de la zone du Mirail, qu'ils avaient formés ensemble. Quand il raccrocha, seize heures trente sonnaient à la tour de l'horloge de la ville de Saint-Pourçain-sur-Sioule. Inutile de se précipiter pour obtenir une commission rogatoire afin de visiter la maison des Grincechafoin. Les juges aussi avaient bien le droit de se reposer en famille. Demain serait un autre jour et le pauvre type dans sa flaque de cire n'en serait pas moins mort. D'ailleurs maintenant il dormait certainement dans un frigo de la morgue, son état en serait un peu stabilisé. Alors, il rentra chez lui se regarder un gentil dessin animé en grignotant des sucreries, comme à chaque fois que les mochetés de la vie menaçaient de le plonger dans la déprime.

*Maxence-Émilien : Capitaine de gendarmerie ayant fait sa première apparition dans le livre : MEURTRES SOUS CORONAVIRUS

RECHERCHES

Au lendemain, il n'avait pas même posé la semelle de sa chaussure droite *(celle qui le faisait le plus souffrir)* sur le carrelage vieillot de son bureau, qu'un collègue de la brigade scientifique l'interpellait :

- *Excusez-moi capitaine. Je voulais m'entretenir avec vous au sujet de la scène de crime étrange où nous avons été appelés hier après-midi.*

- *Aïe !* Songea immédiatement Max.

Le diligent lieutenant Lepressi était tout particulièrement pointilleux. Or Max se méfiait comme de la peste des gens trop méticuleux. Pour lui, le méticuleux était une tique humaine, et le pauvre homme ne possédait pas de pince assez puissante pour éradiquer le parasite. Il se contenta donc d'écouter ce que cette espèce de casse-pieds avait à lui infliger de si bon matin ; et ça avant même son café-crème qu'il adoucissait d'un doigt de cacao bien sucré comme sa maman lui faisait dans son enfance.

- *Je voulais savoir si vous aviez constaté la présence de substances blanchâtres sur le cadavre ?*

Ouf ! Ce n'était que cela. Le capitaine offrit son plus beau sourire moqueur à celui qu'il espérait être sa proie du jour :

- *Dites-moi lieutenant, ayez l'obligeance de me libérer d'un affreux doute qui m'assaille dès potron-minet : vous imaginez que je suis assez imbécile pour envisager que le type a plongé volontairement dans un bac de cire chaude pour se suicider ? Dommage pour vous mon petit père, oui, je suppute un crime. MAIS ! car il y a un mais : est-ce vous ou moi, la scientifique ? Est-ce vous qui vous êtes fadé tous les gugusses affolés qui étaient sur les lieux ? Est-ce vous qui avez mené l'enquête de proximité ? Ah ! Et pendant que je vous tiens : il en est où votre rapport ?*

Odilon Lepressi était abasourdi. Le nouveau capitaine méritait bien l'aimable surnom de Grincheux que tout le monde se plaisait à employer à son égard ; mais loin de ses oreilles.

Naïvement il était simplement venu aux nouvelles, et comme à son habitude, il avait juste voulu faire un brin de zèle. Jusqu'à ce jour, ça lui avait toujours porté chance et les galons avaient souvent suivi ce qu'il estimait pompeusement être : son exemplarité. Perplexe, il tourna les talons en bredouillant un *« excusez-moi »* inaudible et en se triturant le ciboulot pour trouver autre chose dans l'espoir de complaire à son bilieux supérieur.

De son côté, satisfait de cette entrée en matière Maxou prit son mazagran, souvenir de son bien-aimé papa. La chère relique sortie de son meuble à dossiers, il prépara sa boisson favorite, un bon capuccino maison.

Il s'installa confortablement…

Le voilà maintenant détendu.

Libéré de ses étroites chaussures lustrées il posa cavalièrement ses pieds sur le bureau. Il se laissa même aller à une légère rêverie.

- *Ah ! Lepressi ! Un souffre-douleur tout trouvé. Je crois que la journée promet d'être belle. À mon humble avis, je devrais avoir le rapport d'ici moins de deux heures.*

Puis il sirota sereinement son breuvage en regardant au loin à travers les persiennes de la pièce.

Une heure plus tard, il appelait le juge afin d'obtenir l'autorisation de pénétrer dans la demeure de feu monsieur Grincechafoin. Il estimait qu'il était encore trop tôt pour faire rechercher sa veuve. Il avait pour cela d'excellentes raisons. De deux choses l'une : ou elle était coupable, et en ce cas vu les circonstances, elle était déjà loin ; ou elle était innocente, et en cet autre cas, il n'était guère pressé de lui annoncer son malheur.

La devise de notre homme était très rationnellement : chaque chose en son temps.

D'ailleurs, quant à ceux qui se levaient tôt pour embrasser et posséder le monde, il leur laissait volontiers la place. Comme tout homme sage, il n'était pas jaloux.

Ce pauvre Lepressi ne réapparut que le lendemain matin. Il aurait effectivement aimé pouvoir donner son compte rendu la veille. Mais il est des choses incompressibles. Le temps de maturation d'un procédé chimique ou de tout autre micmac analytique ne dépend que rarement de son auteur. Odilon Lepressi avait fait son maximum. Bien sûr il aurait pu mettre un peu de la poudre blanche relevée sur le cadavre sur le bout de sa langue, comme on voit faire dans les films. Mais franchement, qui aurait envie de goûter un truc prélevé sur un macchabée ? Surtout prélevé sur un macchabée en putréfaction ?

Odilon, lui, avait trouvé plus scientifique de déposer dans un tube à essai ce machin blanc en poudre devenue poisseuse, certainement à cause de la cire fondue ; à moins que ce ne fût à cause des excrétions ? Il en avait découvert un peu partout, de la blanche, enfin à ce qu'il croyait : dans les oreilles, dans le nez, dans le trou de balle et même une belle traînée sur le crâne.

En cours de manipulation, il lui avait semblé que la consistance de ce qui était dans les divers trous, était légèrement différente de ce qui se trouvait sur le sommet du bonhomme. Il avait donc jugé utile d'approfondir le sujet.

Une fois dans les tubes à essai, il avait d'abord cherché si les substances matchaient avec une drogue genre cocaïne. Mais dans la gamme, il y avait le choix. Il avait finalement découvert l'inimaginable *pot-aux-roses* qui séjournait dans les orifices du pauvre type. Et, les yeux écarquillés, il avait deviné la cérémonie d'embaumement. Très étonné mais un peu admiratif, il avait sifflé entre ses dents :

- Chapeau ! De la chaux vive pour un mort ! Là, je dois reconnaître qu'il fallait y penser.

Puis il avait poursuivi son ouvrage. La trace sur la tête lui donnait du fil à retordre. Alors qu'il se demandait quel objet contondant pouvait laisser une marque blanche, son esprit influencé par la recherche de drogues s'était placé en mode vagabondage…

À son insu, sa tête jouait aux associations d'idées. C'est ainsi qu'il se remémora un vieux sketch de *Fernand Raynaud.* Il lui semblait que ce maître du rire brinquebalait ces paroles dans sa tête :

- Dis tonton, pourquoi tu tousses ?

Il se marrait encore en imaginant la tronche du fameux tonton lorsque, dans l'histoire en question, le douanier avait révélé que l'imbécile de neveu ne transportait pas du bicarbonate mais du sucre ; quand il aurait dû, évidemment, transporter de la drogue.

Il avait involontairement crié :

- *Du sucre ! Mais pétard ! Si ça se trouve...*

Alors il avait cherché et il avait trouvé. Oui, sur le cadavre de Bernard et malgré les coups de pinceaux ou des louches chargés de cire ; dans les cheveux collés, il restait une belle trace de sucre mêlée à du sang séché.

Odilon s'interrogea :

- *Du sucre ? Un objet contondant avec du sucre ?*

C'est à ce moment-là qu'il partit comme une flèche rédiger son rapport qu'il apporta fier comme Artaban à son supérieur.

Entrant en trombe le dossier à bout de bras, il invectiva joyeusement :

- *Chef, le rapport. J'ai trouvé, j'ai trouvé !*

Max approuva moyennement cette entrée fracassante en guise d'entrée en matière. Il fut à deux doigts de laisser son mauvais caractère entrer en scène du genre :

- *On frappe avant d'entrée.*

Mais bon, trop d'entrées trottaient dans sa tête. Et pour une fois il n'avait pas une allure négligée puisqu'il n'avait pas eu le temps d'enlever ses chaussures.

Il préféra rester zen :

- *Donnez-moi ce chef-d'œuvre avant qu'il ne tombe en péril.*

Puis, pendant une bonne demi-heure il lut, tourna les pages, revint au début, re-consulta la fin, etc. Lepressi en silence dansait d'un pied sur l'autre.

Soudain, Max-Émilien sortit de son mutisme :

- *Sucre ? Il a été frappé avec du sucre ?*

- *Euh ben non, chef. Pas avec du sucre, il a dû être frappé avec quelque chose qui avait du sucre dessus.*

- *Vous me prenez vraiment pour une andouille Lepressi ? À votre avis, je voulais dire quoi, hein ? Qu'on avait lapidé monsieur Grincechafoin à coup de morceaux de sucre ? Ou bien qu'on lui avait défoncé la caboche avec un pain de sucre qu'on aurait pris pour une baguette ?*

Odilon était livide. Décidément il ne savait pas comment s'y prendre pour complaire à son capitaine.

- *Oh attendez ! Ou alors vous pensez que la vieille elle aurait estourbi son bonhomme avec la pince à sucre ?*

Le lieutenant reprit contenance pour répondre le plus scientifiquement possible :

- *Je suis navré chef, mais les faits sont les faits. Je n'y suis pour rien moi.*

Max s'excusa :

- *C'est exact. Vous ne faite que votre travail. Voyez-vous, ce qui me contrarie, c'est que je ne vois guère sur quoi pouvait être ce foutu sucre. J'avais pensé à un tisonnier, une statue ou même un vase ou une carafe. Mais à moins qu'il n'y ait eu du sirop dans la carafe...*

- *Même pas chef. Le sirop aurait contenu d'autres ingrédients et...*

- *Et merde !* Avait lâché son supérieur. *Encore un truc tordu. Je sais pas où on va le dégoter ce truc avec du sucre. Écoutez Lepressi, revenez quand vous aurez quelque chose à me proposer.*

Puis il l'avait tout bonnement reconduit à la porte.

DÉCOUVERTES

L'après-midi même, le capitaine visitait la demeure des sieurs Grincechafoin.

Il espérait découvrir des indices concernant la mise à mort de l'homme, son embaumement, mais aussi une piste pour retrouver la trace de celle qu'il considérait déjà plus ou moins comme une fugitive. Il fouilla un peu partout et finit naturellement par trouver deux adresses intéressantes :

La première, visiblement une propriété familiale dans le sud, à Albi. Pour ça, il espérait la coopération de son ex-brigadier-chef, Jef Lecontan. La deuxième adresse était le lieu probable de la fuite : le lieu de résidence de la fille Nathanaëlle, aux États-Unis.

- Ben v'la aut'chose. Le pays des cow-boys ! Ça, ça va encore me faciliter le boulot. Moi qui parle anglais comme un basque espagnol !

Mais il poursuivit vaillamment ses recherches. Il avait terminé l'étage, le rez-de-chaussée, il lui restait la cave.

- *Bordel !* Ne sut contenir notre fier capitaine quand il découvrit la pièce et le matériel qui avait servi à embaumer le mort. *Alors ça, j'avais encore jamais vu !*

Il nota différentes choses, prit des photos ; ben non c'était pas son boulot, mais il était tout seul alors ! Puis, avec un plaisir inénarrable, il quitta ces lieux sordides.

De retour à la brigade, il appela Lepressi. Il souhaitait partager les nouvelles informations avec lui. Même si ce pauvre Odilon avait le don de l'exaspérer avec ses airs de premier de la classe, Max avait l'intelligence de reconnaître en lui un collaborateur efficace.

Il préférait mûrir sa réflexion afin de ne pas bâcler son rapport.

L'affaire l'inquiétait. Non qu'il craignît l'erreur judiciaire, il n'était pas naïf et sa bonne maman lui avait répété maintes fois :

- *Mon petit, ne t'angoisse pas inutilement, l'erreur est humaine et il n'y a que celui qui ne fait rien qui ne se trompe pas !*

Mais malgré les exhortations positives de sa tendre enfance, il se méfiait des bruits qui courent. Il en avait pas mal souffert dans son poste en région toulousaine.

Et puis, il y avait les journalistes ! Une drôle d'engeance pas très marrante les journaleux. Il ne voulait pas que son affaire Grincechafoin se termine en gros plan genre affaire du petit Gregory. Alors il allait s'appliquer.

Lorsque Lepressi entra, il lui raconta la fameuse cave.

Il expliqua qu'il avait bien trouvé un sac de chaux vive éventré et qu'il y avait avec un entonnoir et une cuillère. Il avait aussi trouvé des pains de cire en pagaille, un réchaud, une louche, une table ayant visiblement servi à l'embaumement...

Odilon voulut, à tort naturellement, faire son intéressant en spécifiant :

- Ça ne m'étonne pas. Ça n'a pas dû être facile. Mais pour moi, le, ou la meurtrière, a utilisé l'entonnoir pour emplir de chaux tous les orifices du pauvre type : les yeux, les oreilles le nez, le...

- C'est bon Lepressi, pas besoin de me faire un dessin. Moi, mon problème, c'est l'instrument qui a servi à tuer, et ce bon Dieu de sucre ! Regardez tous les clichés. Est-ce que vous voyez quoi que ce soit qui pourrait avoir du sucre dessus ?

Tout en se concentrant sur les photos et la question de son supérieur, Odilon grommela :

- Ma foi, je ne vois rien qui puisse faire notre affaire. D'autant qu'en plus du sucre, après avoir légèrement chauffé le tube à essai numéro 4, j'ai constaté une auréole qui n'avait rien à faire dans des molécules de sucre. Par ailleurs, cette molécule ne correspondait ni à des résidus de sang, ni à des résidus de cire. J'ai donc poussé un peu plus loin mon analyse et...

Et dire que Maxence aimait les chemins les plus courts !

- En bref nom de Dieu ! On va pas y passer la nuit !

- Euh ben non. Alors en bref : beurre !

On aurait pu croire qu'il le faisait exprès. C'est faux. C'était juste que le capitaine mettait vraiment le pauvre Odilon mal à l'aise. Ça le rendait maladroit. Lui qui voulait si bien faire. Maxou poussa un :

- Beurre ! Eh bien quoi beurre ? Ça veut dire quoi : beurre ?

- Ben ça veut dire que d'après mon analyse, dans le tube à essai numéro 4…

Mais voyant son chef changer de couleur comme un feu rouge se prenant pour un stroboscope, il accéléra l'allure :

- J'ai trouvé des traces de beurre.

- Ah ! Et alors ? Pouviez pas le dire avant espèce de pignouf ? S'étouffa Max.

- Ben euh…

Odilon n'eut pas le temps d'en dire davantage. Max l'expédia chercher sa vareuse et ils retournèrent conjointement cette fois, à la demeure des Grincechafoin.

Chemin faisant, Odilon ne broncha pas.

Il était inquiet et se demandait pourquoi le capitaine avait réagi ainsi à l'annonce de la découverte des traces de beurre. Tandis qu'ils entraient dans la maison, il ne put s'empêcher de marmonner pour lui-même :

- Tu parles d'une affaire des traces de beurre ? C'est quand même pas la découverte du siècle !

Max l'irritable avait l'oreille fine. Il rugit :

- Crétin ! Déjà le sucre aurait dû nous mettre la puce à l'oreille. Mais bon, un bout de sucre, ça peut traîner un peu partout, même au fond d'une poche. Mais du beurre ! Tu le trouves où, toi, le beurre bougre d'âne ?

L'air penaud, Odilon susurra :

- Ben à la cuisine, dans le réfrigérateur.

- C'est ça ! À la cuisine, pas à la cave ! Dans le frigo où sur la table si on est en train de s'en servir. Et dans quoi on met du sucre et du beurre, ô luminescent esprit ?

Odilon qui n'aimait pas du tout cuisiner, pas plus que l'humour grinçant de son chef, se tritura les méninges.

La situation et le regard froid du capitaine lui mettaient le cerveau au court-bouillon. Ne trouvant pas de réponse logique, il risqua timidement :

- Ben j'sais pas trop. Le sucre, dans le café, le beurre sur les tartines ? C'est ça chef ?

- Ouaiaiais ! Alors à ton avis, cette bécasse elle a tartiné le beurre sur sa tasse où il restait un fond de sucre avant de frapper à mort son mari avec ?

Lepressi devint cramoisi, puis il émit le son le plus usité face à la tronche de Max l'énervé :

- *Beuuuuh !*

Je sais, pas terrible comme formule, mais il est des circonstances…

Arrivés sur les lieux du drame, ils foncèrent donc à la cuisine. Max se mit à ouvrir fébrilement placards et tiroirs. Il avait déjà regardé rapidement lors de sa première visite avant de replacer le tout à la va-comme-je-te-pousse. Odilon avait l'air d'une poule ayant trouvé un couteau jaune. Et justement, comme il se trouvait tout benêt devant le tiroir à couverts ouvert, il prit un long couteau de boucher bien affûté et pointu.

- *Et si elle l'avait estourbi avec ça alors qu'elle avait encore du beurre et du sucre sur les mains ?*

Maxou leva les yeux au ciel. Il hésita et enfin daigna répondre :

- *Donc, si notre mémère n'a pas tué son mari avec sa tasse beurrée et sucrée ; elle aurait été assez conne pour fracasser la tête du pépé avec le manche d'un couteau si bien aiguisé, qu'elle avait toutes les chances de s'entailler elle-même jusqu'à l'os ? Si elle avait pris ça, c'était pas plus facile de le prendre à l'endroit et de lui trouer le bide ? Pauvre Odilon, votre bêtise n'a d'égale que votre intelligence dans un labo.*

Puis, tandis qu'il vidait un placard en hauteur, une espèce de rouleau en plastique jaunasse lui tomba sur la fiole !

Le truc en question était, à l'origine, planqué bien au fond de ce placard. C'est pourquoi il ne l'avait pas vu à la première fouille. Mais l'ordre avait été tellement chaviré quand il avait repoussé l'ensemble auparavant, que l'objet avait opté malicieusement pour la place tout contre la coupable porte.

Max gueula de surprise mais aussi de douleur, car le plastique contenait un lourd rouleau à pâtisserie en bois.

Selon son naturel opportuniste, Odilon s'empressa afin de secourir son chef, qui, manque de bol, le repoussa violemment en criant :

- *Ça y est ! Ça y est ! On le tient ce foutu machin contondant !*

- *Un rouleau en plastique ?* Demanda l'innocent du jour.

Max qui avait si souvent aidé son adorable maman en cuisine avait tout de suite reconnu l'odeur chérie de la pâte à tarte maison au beurre.

Il négligea donc de répondre à son lieutenant qu'il aurait aussi bien fait de laisser à la brigade.

Ils prirent le chemin du retour et quand ils furent devant la porte, Lepressi demanda :

- *Vous avez encore besoin de moi chef ?*

Ce à quoi le chef répondit laconiquement :

- *Pour quoi faire ? Sucrer mon café avec une rondelle de beurre ?*

Maxence lui confia quand même le rouleau pour analyse.

Là-dessus, chacun rejoignit son poste.

COOPÉRATION INTERNATIONALE

Quand le capitaine eut terminé son rapport, il rentra chez lui la mine renfrognée. La journée avait été fructueuse et il était satisfait d'avoir mis la main sur le fameux rouleau à pâtisserie. Cependant, il savait que le plus dur restait à faire. Retrouver madame Grincechafoin et son expatriée de fille. Une des deux était forcément la coupable. Il penchait pour la mère. Mais qui sait ? La fille avait peut-être voulu protéger sa maman, ou peut-être étaient-elles complices. En tout cas, il n'en demeurait pas moins que la fifille demeurait justement très loin.

- Pouvait pas travailler en France comme tout le monde cette bonne femme ?

Non que monsieur Maxence-Émilien ayant le noble grade de capitaine de gendarmerie ait été le moins du monde xénophobe, mais, il était franchement français ! Pour lui, s'expatrier était comme trahir son pays. S'il ne mettait pas plus de cœur à l'ouvrage que les autres, au moins avait-il l'honneur de le faire pour sa patrie, lui. Bref, les relations internationales n'étaient pas vraiment sa cup of tea.

Il regagna donc son logis la tête basse. Il aurait besoin d'une bonne nuit de sommeil pour décider d'une stratégie.

Sa nuit fut tourmentée de fantasmagories. Un sucre géant parlant anglais lui ordonnait de beurrer une pauvre vieille. Comme il tentait de s'échapper, un rouleau à pâtisserie d'au moins 1 kilomètre venait le frapper avec force et c'est grâce à un confrère qu'il parvenait à sortir de ce guêpier.

Aux aurores, il se réveilla en hurlant :

- *Au secours Lepressi !*

Puis, reprenant ses esprits, il se redressa dans son lit. La mauvaise nuit avait peut-être apporté une bonne réponse : c'est à Odilon qu'il allait confier la traque des deux nénettes en goguette.

Ce jour-là, il arriva particulièrement tôt et de très bonne humeur, puisque ce ne serait pas lui qui se taperait la causette avec les States. Il signala au trouffion qui trônait à la réception qu'il attendait le lieutenant Lepressi dès son arrivée. Ensuite, il gagna son repère où il escomptait bien prendre son capuccino sacré, tranquillement. Selon une habitude absolument rigoureuse, Lepressi ne serait là que dans une heure.

Pile une heure plus tard, Odilon faisait son entrée au garde-à-vous.

Ayant reçu pour instruction de donner priorité à la recherche des deux femmes, il partit exécuter les ordres. Par chance, si le capitaine baragouinait très vaguement la langue de Shakespeare, Odilon, lui, était doué. En début d'après-midi, il informa son chef qu'il avait réussi à dénicher les deux dames.

Il expliqua par ailleurs qu'après une longue conversation avec son homologue américain, celui-ci avait émis un sifflement avant d'abattre une nouvelle carte : la jeune madame Estévéra, née Grincechafoin, était, elle aussi, veuve depuis peu.

Maxou sursauta en s'écriant :

- Non ? Alors on aurait carrément affaire à un vrai gang ! Le gang des veuves ?

Ils discutèrent de la situation un bon moment et tombèrent d'accord sur le fait qu'il était sans doute un peu prématuré pour tirer de telles conclusions.

- Hum ! Qu'avez-vous obtenu de la police de New-York ? Questionna Max.

- Étant donné les circonstances, et comme monsieur Estévéra était citoyen américain, ils veulent lancer une enquête au sujet de son décès. Ils préfèrent donc garder madame Estévéra sous le coude. Mais ils ne sont pas opposés à l'extradition de la mère.

- Parfait. Chacun chez soi et les moutons seront bien gardés. Ne sut retenir le capitaine qui affectionnait tout particulièrement cette maxime qui lui venait… de sa maman.

Ensuite, les choses allèrent grand train. Une dizaine de jours plus tard, Suzanne posait les pieds sur le sol français mais avec les menottes aux poignets.

Quant au bout de deux bons jours d'interrogatoire, elle lâcha qu'elle n'avait pas fait exprès pour son Bernard, Maxence-Émilien poussa un long soupir de soulagement. Pour lui enfin, l'affaire était close. Il allait pour quitter la pièce quand la Suzon renifla :

- *D'ailleurs, pour le grand brûlé de la chambre treize, on devrait me remercier ! Le pauvre type, il avait une vie merdique. Je lui ai rendu service. Bon pour Edmond, c'est différent. Mais c'est quand même pas de ma faute si ma fille avait épousé un imbécile ? Ma bichette chérie ! J'allais quand même pas la laisser gâcher son existence avec ce clampin ?*

Maxence en retomba illico assis sur son fauteuil ! Il mit quelques instants à recouvrer ses esprits. Puis il fit ramener la multirécidiviste au trou, avant d'informer le lieutenant Lepressi des surprenants aveux de la petite mère rondelette, qui semblait si banale. Odilon contacta une nouvelle fois ses homologues américains pour leur apprendre que la meurtrière du pauvre Américain n'était autre que leur prisonnière. Ils relâchèrent la malheureuse madame Estévéra après avoir eu le triste devoir de l'informer des vérités affreuses au sujet des disparus, et aussi, au sujet de la culpabilité de madame Grincechafoin.

Nathanaëlle ne revint pas en France. Elle refusa d'assister au procès de sa génitrice et se tourna définitivement vers sa belle-famille.

DÉNOUEMENT

Lors du procès, Suzanne fut incroyable. À l'entendre, elle avait été victime d'un véritable complot familial. Elle affirma que depuis le jour de son mariage, son destin tragique avait été scellé par une machination de son beau-père et de sa belle-mère qui lui avait offert LE ROULEAU À PÂTISSERIE :

- *Écoutez-moi m'sieur votre honneur : moi j'en reste pantoise, croyez-le bien. Ces enfoirés de beaux-parents, ils auront réussi à avoir ma peau des années après leur mort. Quand je pense comment j'avais été reconnaissante de ce rouleau à pâtisserie, que ce vieux con avait tourné lui-même, et de cette nappe plastifiée pour rouler la pâte que cette charogne avait fait graver pour moi. J'aurais dû me méfier : les caresses de chats ça donne des puces. Je m'en suis toujours doutée. Pourtant j'ai été une épouse modèle. Je suis sûre qu'ils avaient des pratiques louches et qu'il était ensorcelé leur cadeau de mariage ! Ah ils doivent bien rigoler là-haut les parents et leur Nanard.*

À vous cela paraît peut-être simpliste et même assez gros, comme on dit vulgairement.

Mais…

Madame Suzanne Grincechafoin n'était plus très jeune...

Madame Suzanne Grincechafoin n'était plus très belle… C'était inévitable, avec le temps, elle avait perdu son sexappeal, elle avait gagné de l'embonpoint ; c'est vrai.

Et ça, elle s'en foutait.

Mais évidemment qu'elle s'en foutait !

Elle avait désormais tellement plus. Maintenant, madame Suzanne Grincechafoin possédait une arme imparable :

La vieille Suzon avait acquis avec les années : une apparence totalement inoffensive !

Mesdames Durand, Simon, Martin, Thomasson, Christo, Lemaitre…

Messieurs Dupont, Pages, Leroy, Bourgeois, Lacroix, Laporte…

Nos douze jurés, s'ils étaient de milieux et d'origines variés, n'en étaient pas moins du cru.

OK :

Certains portaient cravates et d'autres savates ; certains avaient crânes rasés et d'autres barbes fournies ; d'aucunes avaient robes sévères parées de colliers onéreux mais stricts, quand les voisines arboraient baskets, jeans et gilets jaunes.

Mais tous étaient empreints de la même volonté de bien faire.

Or oui, tous avaient une maman au nom aussi franchouillard que Suzanne Grincechafoin.

Or oui aussi, tous avaient une maman qui ressemblait un peu à cette bonne femme vieillissante…

Alors ? Alors elle éberlua tant et tant le jury, elle geignit si puissamment, elle invectiva si bien… Qu'une semaine plus tard…

Elle fut acquittée…

Et l'on dit que l'habit ne fait pas le moine !

C'est ainsi chers amis, que, libre de tout et même de Nanard, notre étonnante serial-killer rentra chez elle la semaine suivante.

Puisqu'elle devrait certainement longtemps faire l'impasse sur sa fille ; mais, puisque d'autre part, telle une colombe porteuse de paix, elle avait été intégralement blanchie ! sans coup férir, elle téléphona directement à ses petits-enfants qui étaient trop jeunes pour connaître les tréfonds de cette morbide histoire.

Enfin, pour clore ce chapitre de vie : sans regret aucun, sans la moindre once de culpabilité, sereine, l'incroyable Suzon enterra très profondément au fond de son jardin, le rouleau à pâtisserie maudit, ainsi que son horrible nappe plastifiée.

ACIDE JOVIAL

Un épouvantail à Verneuil

REMERCIEMENTS

Je remercie les habitants de Verneuil-en-Bourbonnais et leur sympathique folklore. Cette charmante fête des épouvantails m'a inspiré cette fantaisie policière.

Je remercie ma famille qui prend patience lorsque la folie « écrivassière » me dévore.

Merci encore à Raymond Borraz, qui lit et corrige avec célérité. Merci aussi pour les bons conseils qui furent siens.

Et naturellement, merci à mes fans qui attendent toujours mes nouveaux délires.

Acide Jovial

COLLECTIONS

NOUVELLES

Mort et Vie en Montagne Noire

Acide Jovial *Amazon*

1 : L'œil !

Jean Touradier est employé modèle au sein de l'entreprise Tedeum, productrice de tout le nécessaire à la bonne mort de chacun. Jean le livreur s'adonne à son travail quotidien, malgré… La dépression de son épouse…

2 : La dent !

Georgette en a enfin fini avec l'hôpital psychiatrique ! Trois ans perdus dans cette prison médicale ! Mais le cauchemar est terminé, elle va enfin pouvoir mettre ses projets à exécution…

3 : La sauce tomate des petits…

Tom et Marion, enfants de Martha et Fred, sont adorables. Pépé vit désormais à la maison. Le brave homme, quoique taquin, est brave… Les enfants aiment jouer gentiment dans le jardin, ou à la dînette, ou encore, avec pépé...

4 : Marie-Jeanne la trépidante !

Marie-Jeanne est une petite mouche pleine de vie et d'envie. Son rêve le plus grand est de visiter un jour une grotte. Mais attention, la fine mouche ne souhaite pas visiter n'importe quelle grotte… Marie-Jeanne ira-t-elle au bout de ses rêves ?

5 : Monsieur Jérémy Coudboul :

Monsieur Coudboul est l'éminent possesseur d'un véhicule hors du commun. Pourtant, un jour, « *Tuture* » sa chère voiture, lassée du quotidien avec son propriétaire, prend une incroyable décision...

6 : Tuture est à vendre !

La coupe est pleine pour Jérémy Coudboul. Sa voiture en vente, le voilà enfin tranquille...

MYSTÈRE

Le couvent Maudit ! *Ou* **Les 13 chapitres**

Acide Jovial *Amazon*

Extrait : Marcel court ! Marcel court toujours pour échapper à son destin.

- Saloperie de couvent ! À tous les coups elles m'ont jeté un sort !

POLICIERS

Marie-Mange-Merde et Pierrot-Le-Poivrot

Acide Jovial *Amazon*

Résumé : À l'aube de la fin de leurs existences, les enfants de Pierre et Marie découvrent avec stupeur, sueur, mal au cœur… enfin tout ce que vous pouvez imaginer, que les parents, des fois, ça cache des vaches de surprises…

Meurtres sous coronavirus

Acide Jovial *Amazon*

Résumé : Marie et Pierre... La vie, mais peut-être aussi un lourd patrimoine génétique, vont façonner leur manière d'appréhender la générosité face aux dures lois de l'existence. Pour ces êtres à la sensibilité à fleur de couteau, la vieillesse et la douleur sont des souffrances à éradiquer. Dans une époque où même Dame Nature envoie un virus qui semble choisir ses proies, ils se sentent pousser des ailes d'anges exterminateurs. Parallèlement, à la gendarmerie du patelin, un brave capitaine fait son possible, avec ses effectifs, ses stagiaires, la conjoncture, ses maux de pieds…

Namasté Acide Jovial *Amazon*

Résumé : Dans un village du Sud-Ouest nommé Puylaurens, une gentille et brave professeure de gymnastique s'échine à faire progresser et transpirer son lot de craquantes mémères. Tout va pour le mieux, jusqu'au moment où un homme distingué décide de participer à l'activité. Un jour, la prof disparaît…

MÉDIATION

Déchirures… En médiation

Ophélie-Alexandre Rameau *Amazon*

Résumé : Dans cette famille comme dans bien d'autres, les querelles rythment l'existence. Quand plus rien ne va, madame Sindoug apportera ses compétences.

Des faits souvent presque réels, mais relatés avec humour.

THÉÂTRE

Vacances à Gadouillasse

Ophélie-Alexandre Rameau *Amazon*

Résumé : Innocent est un Parisien naïf. Cette fois, il passera ses vacances à la campagne, en France, car, il en est persuadé, il y trouvera quiétude, air pur, gastronomie…

Blanche Neige et le 21e siècle

Ophélie-Alexandre Rameau *Amazon*

Résumé : Une troupe de théâtre, formée de comédiens de milieux divers, s'apprête à présenter le conte de Blanche-Neige. Ils sont fort peu performants, mais surtout, ils n'hésitent pas à donner leurs avis sur tous les points du conte ! Naturellement, le conte en devient hilarant.

Misti a disparu

Ophélie-Alexandre Rameau *Amazon*

Résumé : Pour sa famille et son personnel, Tata Mistinguett est une adorable dame âgée et impotente. Pourtant, au soir de ses 90 ans, la vieille femme laisse deviner une tout autre histoire. Les décès qui ont jalonné la vie de tous ont-ils un rapport avec la fortune de la chère tantine ?

Sketches Acide Jovial *Amazon*

2 pièces en recueil

Ophélie-Alexandre Rameau *Amazon*

Résumé : LE CHAT DE MICHÈLE est une courte comédie rappelant sans ambages une certaine comptine…

Résumé : LE MAL POLYMORPHE ou FOUTU MARIAGE nous conduit dans le cabinet d'une femme psychiatre. Parfois, on se demande : « Mais qui est le plus atteint ? » …

CONTES EN THÉÂTRE

Le petit Chaperon Rouge en scène

Ophélie-Alexandre Rameau *Amazon*

Résumé : Une fillette imprudente et inconsciente du danger. Un loup affamé… Nous connaissons tous cette fable, pourtant la présentation offerte dans cet ouvrage lui redonne vie.

Les 3 pommes d'or en scène

Ophélie-Alexandre Rameau *Amazon*

Résumé : Une princesse malade. Une reine et un roi désespérés. Trois jeunes gens qui veulent tenter leur chance…

Les dialogues sont la source de vie de ce livre. Un lexique enrichira le vocabulaire des enfants.

Histoire de Muse Nature

Ophélie-Alexandre Rameau *Amazon*

Résumé : 2 pièces et un fil conducteur : LA CIGALE ET LA FOURMI RENCONTRENT Me HIBOU, suivi de : LES HUVILOUCÉOUCÉS

Marion et Paul sont des enfants sages. Maman a préparé un goûter. Heureux, les 2 bambins filent en forêt. Après avoir fait honneur au gâteau, Marion propose un jeu, inventer des histoires. La nature est une muse extraordinaire. Les fourmis vous chatouillent, les cigales stridulent, les chouettes hululent et la fillette se rappelle une fable… Paul a plus de mal à laisser vagabonder son imagination. Alors, Muse Nature invite à une sieste… Les Indiens apparaissent…

CONTE MODERNE

Le Chaperon Rouge et le Web

Acide Jovial *Amazon*

Résumé : Conte horrible du 21e siècle.

Une fille imprudente surf sur le net ! Elle est inconsciente du danger. Un « loup » « affamé » …

Conte pour préadolescents ou adolescents…

ÉVÉNEMENTS

Résumés : Passer un cap, passer une dizaine, ou simplement vouloir s'amuser du temps que nous vivons. Livre, plein d'humour et de sagesse, recueil de pensées tout autant qu'album à compléter…

18 Ans ! Acide Jovial *Amazon*

30 Ans : 30 Pensées Ophélie-A Rameau *Amazon*

La quarantaine Acide Jovial *Amazon*

50 Ans ! Acide Jovial *Amazon*

Soixantaine Acide Jovial *Amazon*

70 Ans ! Ou plus Acide Jovial *Amazon*

PATRIMOINE

Vacances en Tarn généreux : Sorèze

Acide Jovial *Amazon*

Résumé : Souvenir en photos et en poésie d'un joli coin de France en Sud-Ouest.

Épouvantail ! Verneuil-en-Bourbonnais

Ophélie-Alexandre Rameau *Amazon*

Résumé : Souvenir en photos et en poésie d'un joli coin de France en Allier.

Histoires d'Allier nés Et fiers de l'être

Ophélie-Alexandre Rameau *Amazon*

Résumé : Ouvrage de « mémoires » en textes et photos. Quand les histoires de villages de nos anciens viennent chatouiller mes souvenirs, j'aime à raconter.

ACIDE JOVIAL

Imprimé en septembre 2023

acide.jovial@gmail.com

Printed by Amazon Italia Logistica S.r.l.
Torrazza Piemonte (TO), Italy

74293276R00129